Patricia Schröder

Plötzlich Pony

Aufs falsche Pferd gesetzt

Bereits erschienen:

MIX
Papier aus verantwortungsvollen Quellen
FSC® C014496

5 4 3 2 1

ISBN 978-3-649-62403-5

Text: Patricia Schröder
Illustrationen und Lettering: Sabine Rothmund
Lektorat: Maren Jessen
Satz: Helene Hillebrand
Printed in Germany

www.coppenrath.de

Das ebook erscheint unter der ISBN 978-3-649-63239-9.

Patricia Schröder

Plötzlich Pony

Aufs falsche Pferd gesetzt

Mit Illustrationen von Sabine Rothmund

COPPENRATH

H
KONZERT

MOPPIE DENKT…

„Was machen wir heute?“, fragt Moppie, als Penny, sie und ich nach der Schule an der Bushaltestelle stehen.

Omid lehnt an der Seitenwand des Wartehäuschens und wirft Moppie *komische Blicke* zu. *SCHMACHT*

Olivia, Anneke und unsere anderen Mitschüler unterhalten sich über

„Wir könnten ins **Schwimmbad** gehen“, schlägt Penny vor.

Das ist (eigentlich) eine gute Idee.
Denn: Wir haben Mitte Juni
(➡ EXAKT *ausgedrückt den* **14.**)
und die Sonne scheint schon seit ein paar Tagen ziemlich heiß vom strahlend blauen Himmel auf uns herab.

„Au ja!", jubelt Moppie sofort los. „Mein **Gehirn** ist schon ganz durchgeweicht."

„Das kommt doch nicht von der HITZE", sage ich bierernst.

„Wovon denn dann?", will meine Freundin wissen.

„Vom vielen Denken", antworte ich. Das findet Moppie nämlich irre **ANSTRENGEND,** besonders in der Schule, weshalb sie auch meistens die Hälfte aller Unterrichtsstunden verpennt.

Mein Vater behauptet ja, dass sich das Gehirn während des Schlafs (*also quasi* IM *Schlaf!!!*) **erholt.** Aber das stimmt nicht. Ich zumindest bin morgens immer am aller**MÜDESTEN.** Vor allem direkt nach dem Aufwachen.

Und bei Moppie ist sowieso alles anders. Bei Penny übrigens auch. Allerdings *anders* anders.

Die Einzige von uns 3en, die einigermaßen normal ist, bin ich. Wenn man davon absieht, dass ich eine **Perücke** trage. Aber das ist irgendwie auch wieder mehr Moppies Schuld als meine. Schließlich hat SIE mir meine echten Haare raspelkurz geschnitten.

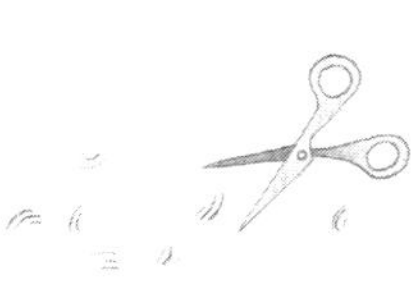

(Okay, mit meiner Erlaubnis natürlich.)

„Ich kann nicht ins Schwimmbad", sage ich. „Doch", widerspricht Moppie sofort. Klar! Sie hat gerne das letzte Wort. „Du kommst mit!"

„Nee, das geht nicht", brumme ich.
Penny betrachtet mich stirnrunzelnd. ***GRÜBEL***
„Wegen deiner PERÜCKE?", fragt sie.
Davon *(also von den Perücken)* besitze ich übrigens **3:** eine **Afrokrause,** eine mit blonden Zöpfen *(die trage ich allerdings so gut wie nie, weil ich sie ein bisschen doof finde)* und einen pinken Bob *(mein Lieblingsteil, das ich auch heute aufgesetzt habe).*

„Ach was", schmettert Moppie meinen Einwand ab, bevor ich überhaupt piep sagen kann. ***PIEP*** „Pia benutzt sie einfach als **Badekappe."**
„Das mache ich auf gar keinen Fall!", stelle ich klar.
„Och, wieso denn nicht?" Moppie zieht einen Flunsch. „Ist doch **cool",** setzt sie mit einem lässigen Schulterzucken hinzu, als sie meinen unwilligen Gesichtsausdruck bemerkt.

„Badekappen sind ⇨ ULTRA ALTMODISCH!“, sage ich. „Und zwar ALLE! Völlig egal, ob sie aus Gummi oder aus Haaren bestehen. Außerdem fängt mein Reitkurs heute an.“

„WAAAS?“

Moppie starrt mich an *GLOTZ*, als hätte die Sonne ihr ein Loch in die Schädeldecke gebrannt und nun doch alle ihre Gehirnzellen auf einen Schlag außer Gefecht gesetzt. *VERSCHMOR*

Anschließend verfällt sie in Schnappatmung *KEUCH*, und es dauert eine ganze Weile, bis sie sich wieder eingekriegt hat. In der Zwischenzeit besprechen Penny und ich rasch die Englischhausaufgaben.

„A-aber wieso?“, stammelt Moppie. „D-du kannst doch gar nicht reiten.“
„Darum mache ich ja den KURS“, erläutere ich ihr.
Das stimmt zwar nicht ganz. Denn *ein bisschen* reiten kann ich dank Penny mittlerweile ja schon. Und auf dem Reiterhof **Hopperweide** kenne ich mich inzwischen sogar ziemlich gut mit der Pferdepflege und dem Aufzäumen aus.

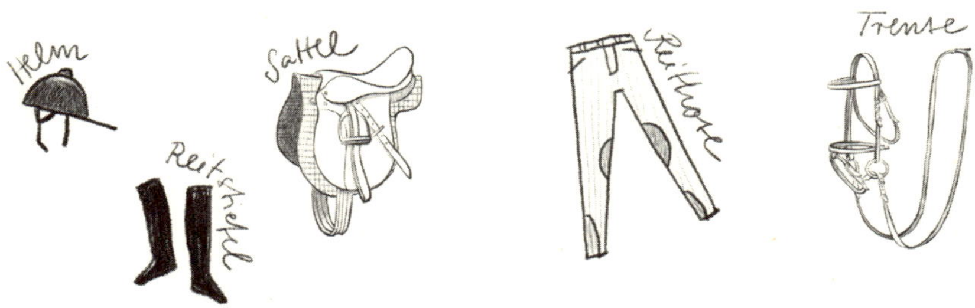

Davon weiß Moppie allerdings nichts und das muss bitte schön unbedingt so bleiben. *(Komplizierte Sache, die ich euch gleich noch etwas genauer erkläre.)*
„Ähm …“ Moppie kratzt sich am Kopf. „Ich kann auch nicht reiten. Also mache ich **besser** auch einen Kurs“, beschließt sie kurzerhand. „Sicher ist sicher.“
„Was meinst du damit?“, frage ich verdattert.

„Na jaaa", erwidert Moppie. „So wie mit dem SCHWIMMEN eben. Besser, man kann es. Aus SICHERHEITSGRÜNDEN", erklärt sie. „Falls man mal irgendwo reinfällt. In einen See oder so."

Mhm, klar, kommt ja auch dauernd vor!!! Besonders wenn man wie wir in einer Gegend wohnt, in der es nicht einen **einzigen** See gibt.

„Moppie", sage ich, fasse sie bei den Schultern und sehe sie nun mit sehr ernster Miene an. „Hast du schon mal von jemandem gehört, der auf ein **Pferd** gefallen ist und dann einen Haufen Probleme bekommen hat *STAPEL*, weil er nicht reiten konnte?"

„Ähm …?" Moppie schiebt die Unterlippe vor.

GRÜBEL

„Glaub nicht", spuckt sie nach gefühlt 3695 Sekunden aus.

„Aber ist ja auch **egal"**, meint sie dann und ein Lächeln breitet sich auf ihrem Gesicht aus. „Ich mach trotzdem einen. Dann muss ich nicht alleine ins SCHWIMMBAD."

Penny zieht eine Augenbraue hoch.

„Ähm ... *RÄUSPER* Ich wäre doch mitgekommen", sagt sie. „So richtig allein wärst du also nicht gewesen."

„Ja ... stimmt schon ... irgendwie", druckst Moppie. „Reiten finde ich aber trotzdem cooler."

Ach, auf einmal?!

Tja, bei Moppie muss man eben immer auf ALLES gefasst sein.

„Komm doch mit! Wir machen es einfach ZU DRITT", schlägt sie vor. „Wenn Pia da sowieso hinfährt ..."

Nach dem Motto: Tausche SCHWIMMBAD gegen PONYHOF – oder wie?

Zugegeben: Der Plan ist eigentlich toll. Er hat bloß leider einen Haken. Und was für einen!

„Ich kann nicht mit", sagt Penny. „Ich habe leider eine Allergie gegen Pferde."

Das stimmt. Einerseits. **Andererseits** ist es nicht ganz korrekt. In Wirklichkeit hat sie nämlich eine Allergie gegen **Wiehern.** Und es ist auch nicht direkt eine Allergie, sondern eher ein **AUSLÖSER.**

Die *(komplizierte!!!)* Sache *(von eben)* ist die: Immer wenn Penny ein Wiehern hört, verwandelt sie sich in ein **Pony.** Und zwar sofort und auf der Stelle.

(Großes Geheimnis, das nur Penny, ihre Eltern und ich miteinander teilen und von dem NIEMAND!!! *sonst erfahren darf.)*

„Wie blöd ist das denn!", meint Moppie.

„Ich kenne es ja nicht anders“, sagt Penny lächelnd. „Und ganz ehrlich: Es ist zwar schade, aber wirklich kein ~~PROBLEM~~ für mich, wenn ihr beide ohne mich an diesem Reitkurs teilnehmt. Nächste Woche bin ich sowieso nicht da.“

„Wieso denn das nicht?“, platzt es aus Moppie heraus.

„Meine Eltern und ich verreisen einmal im Monat, um im ganzen Land **Werbung** für Mamas *Pralinen* zu machen“, erwidert Penny.

Was natürlich eine glatte **LÜGE** ist!!!
Pennys Mutter, Penelope Trüffel, besitzt zwar einen Pralinenladen, aber sie ist noch NIE mit der ganzen Familie auf Werbetour gegangen. In Wahrheit verhält es sich nämlich so, dass Penny sich

(Achtung, jetzt wird es richtig KOMPLIZIERT*)*

jeden Monat für **7** Tage in ein PONY verwandelt.
Und zwar immer vom **15**ten bis zum **22**ten.
Es passiert ganz automatisch –
→ AUCH OHNE GEWIEHER!!!
„Aber das geht doch nicht!", protestiert Moppie.
„Du musst zur Schule. Das ist **Pflicht.** Und überhaupt: Du lernst dann ja gar nix."
„Keine Sorge", beruhige ich sie. „Penny wird von einem Privatlehrer unterrichtet, wenn sie mit ihren Eltern unterwegs ist."

LÜG UND SCHWINDEL NOTGEDRUNGEN WEITER

Abgesehen davon lernt Moppie ja auch so gut wie nix, weil sie fast immer

den halben Unterricht verpennt. *SCHNARCH* Jetzt allerdings ist sie hellwach und springt mir fast ins Gesicht. *HOPS* „Woher weißt du das?“, knurrt sie mich an. *(Wahrscheinlich würde sie es nicht zugeben, aber ich glaube, sie ist noch immer ein* MINIKLITZEKLEINES *bisschen eifersüchtig auf Penny.)*

MEINE GÜTE, MOPPIE!, erwidere ich. *STÖHN*
„Ich kenne Penny schließlich schon ein paar Tage länger als du. Und deshalb weiß ich logischerweise auch ein paar Dinge mehr über sie. Das ist doch ganz **normal.**“
In Moppies Augen flackert es, was ein untrügliches Zeichen dafür ist, dass ihr Gehirn spätestens jetzt von Schul- auf Freizeitmodus umgeschaltet hat. Das Denken fängt also wieder an, ihr **SPASS** zu machen.

„Aber irgendwann hole ich dich ein“, prophezeit sie mir. „Und dann weiß ich genauso viel über Penny wie du.“

„Bestimmt“, sage ich und nicke ihr aufmunternd zu. „Ganz besonders schnell schaffst du das WAHRSCHEINLICH, wenn du gleich heute damit anfängst und mit ihr ins Schwimmbad gehst …“

PLANSCH UND QUASSEL

(… und ich allein zum **Ponyhof Hopperweide** *düse und ganz in Ruhe meinen Reitkurs beginne.)*

„Hmmm …“ Moppie kaut grübelnd auf ihrer Unterlippe herum. *KNABBER* „Das Schwimmbad kenne ich ja schon …“ Aber Penny doch noch nicht so gut wie ich!

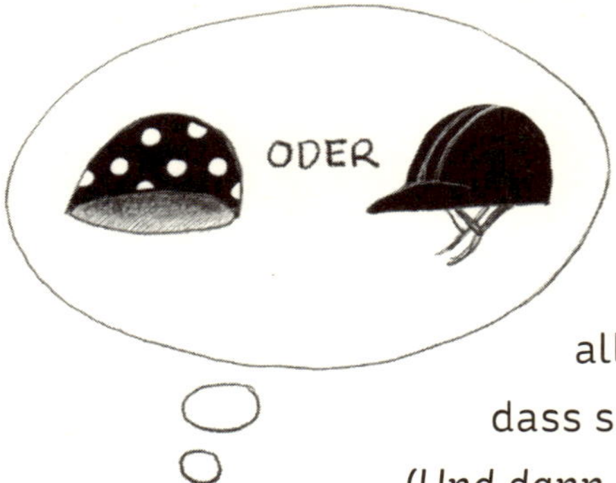

Denn natürlich dachte ich, dass es ihr vor allem darum geht. Nämlich, dass sie mich EINHOLT …

(Und dann hoffentlich schon bald kein bisschen eifersüchtig mehr ist!)

Und während Moppie überlegt, ob sie lieber **schwimmen** oder *reiten* gehen will, kommt der **976**er Bus herangebraust.

Omid, Olivia, Anneke und **ALLE** anderen Schüler steigen ein. Nur Moppie, Penny und ich müssen noch auf unsere Linien warten.

... UND ÜBT PFERDE-FLÜSTERN

„Ohne ausgefülltes Anmeldeformular, das deine Eltern unterschrieben haben müssen, könntest du heute sowieso nur zugucken“, sage ich, nachdem Moppie, Penny und ich eine Weile stumm wie **3 SCHNECKEN** vor dem Wartehäuschen Löcher in

die Luft geguckt haben. Ich gebe mir **echt** Mühe, nicht so zu klingen, als wollte ich sie in irgendeiner Weise zu irgendetwas drängen. ***SCHIEB UND SCHUBS*** „Außerdem ist dieser Reitkurs garantiert eh längst voll.“

„Na und?“, meint Moppie. „Auf einem **Ponyhof** kann man doch noch eine ganze Menge andere Sachen machen.“

Klar! Zum Beispiel allen PONYS einen **PONY** schneiden, den Heuballen eine Pflegekur einmassieren oder dem Gras auf den Koppeln eine Dauerwelle verpassen. Was eine Friseurin eben so macht.

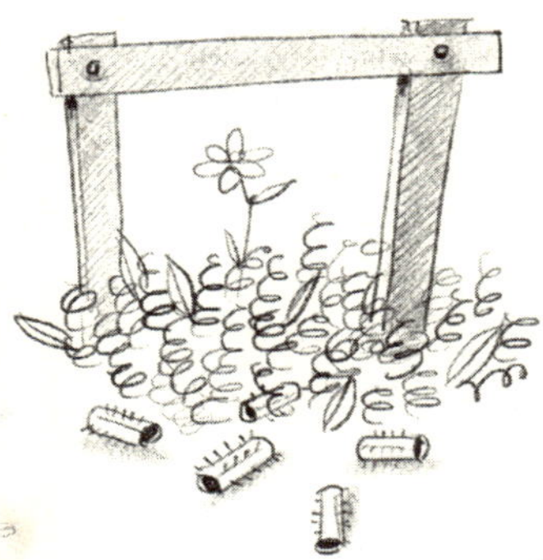

(Genau das will Moppie schließlich später mal werden. Und an meinen raspelkurzen Haaren gibt es im Moment nun wirklich nicht mehr viel zu schnippeln.)

„Also, ich hätte jedenfalls große Lust, schwimmen zu gehen“, sagt Penny.

„Dann mach das doch! Das ist voll okay. Ehrlich!“, erwidert Moppie großzügig. „Ich fahre jedenfalls mit zum **Ponyhof.** Und damit PASTA!"

„Basta“, murmele ich.

„Hä?“

Moppie betrachtet mich stirnrunzelnd.

„Ach nichts“, sage ich, denn eigentlich habe ich

ÜBERHAUPT keine LUST, sie zu verbessern, weil

1. Moppie ständig irgendwelche Leckereien *SCHLECK UND SCHMATZ* in sich hineinstopft und sich wahrscheinlich bloß versprochen hat,
2. es total süß klingt, wenn sie PASTA statt BASTA sagt, und
3. es dann womöglich nur STREIT gibt.

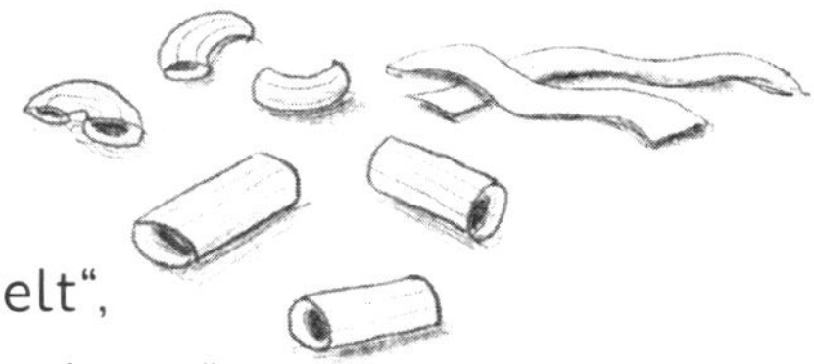

„Aber du hast doch was gemurmelt“, beharrt sie. „Das habe ich genau gehört.“

„Pasta sind **Nudeln“,** sagt Penny, die sich inzwischen hinter uns auf der Bank im Wartehäuschen niedergelassen hat. „Oder **Zahncreme.“**

„Weiß ich“, gibt Moppie gelassen zurück.

„Aber was haben Nudeln und 

mit dem Ponyhof zu tun?“

„Vielleicht, weil Pferde auch Zähne putzen müssen …“, werfe ich hoffnungsvoll ein.

Manchmal gibt Moppie sich nämlich mit den verrücktesten Erklärungen zufrieden.

„Zum Beispiel, nachdem sie **Nudeln** gegessen haben?", überlegt sie jetzt tatsächlich. „Falls sie die überhaupt *mögen*. Ich glaube, das probiere ich mal aus. Natürlich *frage* ich die Ponys vorher", setzt sie hastig hinzu, als sie meinen erschrockenen Blick bemerkt.

„Wie willst du DAS denn anstellen?", entgegne ich erstaunt.

„Na, in **PONYSPRACHE",** erwidert Moppie und tippt sich an die Schläfe. „Ist ja wohl logisch!"

Penny und ich tauschen einen Blick.

WERF HIN UND HER

Wenn sie ein Pony ist, können wir **2** zwar auch miteinander reden, allerdings funktioniert das vermutlich ein bisschen anders, als Moppie es sich *(mit normalen Ponys)* vorstellt.

„Soll ich mal vormachen?“, fragt sie eifrig.

Och, sage ich und schicke in Gedanken ein „Nö“ hinterher.

Aber Moppie ist offenbar wild entschlossen.

„PRRRrrrrh“, stößt sie aus und pustet mir einen warmen Schwall Leberwurst-mit-Zwiebelring-Pausenbrot-Gemisch ins Gesicht.

Keuch und hüstel

„Wow“, sage ich *(relativ unbegeistert)*. „Und was soll das heißen?“

„HALLO natürlich“, klärt sie mich auf und tippt sich erneut an die Schläfe. POCK-POCK-POCK-POCK!

„Ist ja wohl logisch! Die Pferde **flappen** dabei dann noch so mit den Lippen“, ergänzt sie.

Und auch das macht sie anschließend vor:

FLAPP-FLAPP-FLAPP-FLAPP

„Okay, Moppie“, beginne ich, denn mehr muss ich nun wirklich nicht vorgeführt kriegen, aber meine Freundin ist nicht zu bremsen. ***QUIETSCH***

Mit angespanntem Gesichtsausdruck und fest zusammengebissenen Zähnen presst sie ein

hervor, das zum Glück mehr an eine **Kuh** mit Sprachfehler erinnert als an ein Pferd.

Penny ist trotzdem alarmiert. Lautlos erhebt sie sich von der Bank und schleicht langsam *TAPP-TAPP-TAPP-TAPP-TAPP* hinter das Wartehäuschen. Aus dem Augenwinkel sehe ich noch, dass sie in ihrer Hosentasche herumkramt. *(Wahrscheinlich sucht sie nach ihren Spezialohrstöpseln – die sie im Notfall hoffentlich auch rechtzeitig findet!)*

„Aha“, sage ich nun interessiert zu Moppie (*Ablenkung ist alles!*). „Und was bedeutet DAS?"

„BAUCHSCHMERZEN", erwidert sie.

Ähm, okay. Ich hätte ja eher auf **Halsschmerzen** getippt. Aber egal!

„Bei dir oder dem Pferd?“, hake ich nach.

„Beim Pferd natürlich“, erwidert Moppie kopfschüttelnd. „Ich habe NIE Bauchschmerzen.“

„Ach so, stimmt ja“, sage ich und bete inständig, dass ihr Bus auftaucht, bevor sie womöglich „Ich kann alles!“ oder „Ich will nicht!“ in Ponysprache übersetzt.

DOCH ZU SPÄT!!!

Noch ehe ich ein neues Ablenkungsmanöver starten (*oder Moppie einfach den Mund zuhalten*) kann, erschallt ein ohrenbetäubendes **„Wihihihi-jihaaaah!“** aus ihrer Kehle.

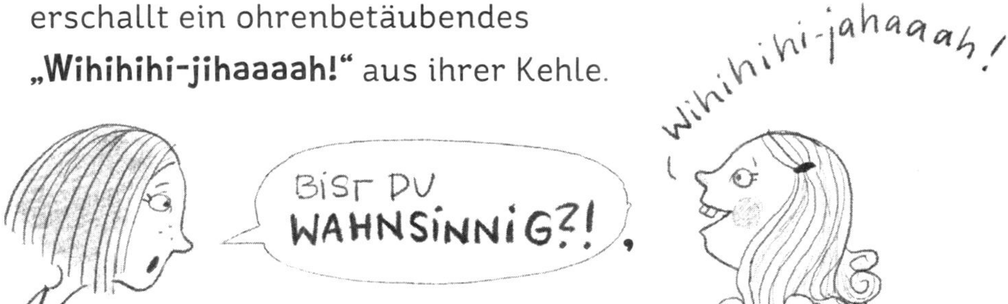

entfährt es mir.

„Wieso denn?“, brummt Moppie. „Ist doch eh keiner hier. Sonst wäre es vielleicht echt ein bisschen peinlich gewesen“, fügt sie kichernd hinzu.

In derselben Sekunde ertönt ein leises Schnauben und einen Lidschlag später lugt Penny-**Pony** hinter dem Wartehäuschen hervor.

„Ich glaube, ich habe die OHRENSTÖPSEL unter meinem Tisch im Klassenraum vergessen“, sagt sie kleinlaut in meinem Kopf.

„Schöner Mist!“, forme ich lautlos mit den Lippen.

„Mit wem redest du denn?“, will Moppie wissen. *(Sie hat so Momente, da entgeht ihr wirklich* NICHTS.*)* Ihr Blick fliegt in Richtung Wartehäuschen. ***SAUS***

Und dann kreischt sie los:

„**Oh mein Gott! Oh mein Gott!**

OH MEIN GOTT!

Das Pony hat mich verstanden! Es hat mich tatsächlich verstanden! Und es ist sofort hergekommen!“

Ähm ... hä?, denke ich noch, da baumelt Moppie bereits an meinem Hals und küsst mir das ganze Gesicht ab. *SCHMATZ*

„Ich kann **Ponysprache!"**, jubelt sie. „Ich bin eine Pferdeflüsterin! Pia, ich muss unbedingt auf den Reiterhof! Ich glaube, ich bin ein **Naturtalent."**

„Ich dachte, du willst Friseurin werden", sage ich.

„Das kann ich ja wohl trotzdem", erwidert Moppie trotzig. „Aber Talent ist nun mal Talent."

„Was hast du denn eben überhaupt gewiehert?", frage ich.

„Ich habe doch nicht **gewiehert"**, gibt Moppie entrüstet zurück. „Ich habe um Hilfe gerufen. Und dieses liebe süße PONY hier hat mich gehört."

Sie lässt mich los und deutet auf Penny.

Aber ..., beginne ich.

Den Rest des Satzes schenke ich mir. Ich hätte sowieso nicht gewusst, was ich darauf antworten soll.

„Es tut mir leid", säuselt Moppie, während sie nun l a n g s a m auf Penny zugeht und ihr die Hand entgegenstreckt. „Du bist ganz umsonst hergekommen. Das war nämlich bloß ein TEST."

„Schon okay", sagt Penny in meinem Kopf und zwinkert mir zu.

Dann legt sie ihr *weiches* Maul in Moppies Hand und pustet sanft hinein.

„Huuuiii!", quiekt Moppie. *Schwärm*

„Guck mal, Pia, das Pony mag mich! Und es sieht fast so aus wie das riesige kuschelige PLÜSCHPONY von deiner Oma Trudi. Findest du nicht?"

Ich nicke zögernd. „Öhm, ja."
Penny zwinkert mir ein **2**tes Mal zu.
(Die Sache mit dem Plüschpony und Oma Trudi ist nämlich auch so eine Geschichte, die ich NOT*erfinden musste, als Penny sich die ersten Male in Moppies Gegenwart verwandelt hat.)*
„Ein **Glück**, dass Penny eben in den Bus gestiegen ist", fährt sie fort. „Sonst hätte sie jetzt gleich wieder ihre schreckliche **Allergie** gekriegt."
Penny ist doch gar nicht in den Bus gestiegen, liegt es mir auf der Zunge zu sagen. Aber eigentlich ist es ja viel besser, dass Moppie vor lauter Aufregung völlig durcheinander ist.
Außerdem braust gerade ihr eigener Bus heran. Er stoppt an der Haltestelle *BREMS* und öffnet die Türen. *SCHNAUF*
Tschüs, Pony!, ruft Moppie. Sie hüpft die Stufen hinauf und winkt Penny und mir noch einmal zu, bevor sie zwischen den Fahrgästen abtaucht.
„Tschüs, Moppie", murmele ich.
„Ist doch super gelaufen", findet Penny und zupft mit ihrem Maul zärtlich an meiner Perücke.
VERRUTSCH

„Mhm“, bestätige ich und RÜCKE die PeRÜCKE wieder an ihren Platz zurück. *ZERR UND ZUPF*
„Du hast aber ein hübsches Pony“, sagt eine Frau, die aus dem Bus gestiegen ist.
„Hoffentlich KACKT es nicht auf den Bürgersteig“, meint der Knirps, den sie an der Hand hält.
Hoffentlich **KACKT** es dir nicht auf den KOPF, antworte ich im Stillen, denn der Knirps reicht Penny gerade mal bis zum Hintern.

„Lass ihn reden“, sagt meine Ponyfreundin zu mir. „Wir gehen jetzt zu Huf nach Hause.“
Okay, denke ich zu ihr hin und setze mich in Bewegung.

Penny trottet artig neben mir her.

KLOCKER-DIE-KLOCK

„So ein braves Pferdchen!", ruft die Frau mir nach.

„Das hast du wirklich gut erzogen!"

„Tja", murmele ich. „Ich bin eben eine geniale **Ponyflüsterin.**"

Penny kichert leise. *GLUCKS*

Plötzlich hält ein silbergraues Auto neben uns. Das Seitenfenster wird heruntergefahren und ein Mann brüllt zu uns heraus:

„Unverschämte TIERQUÄLEREI!

Weißt du denn nicht, dass das Pony sich die Gelenke ruiniert *KRACKS*, wenn es über harten Steinboden läuft?"

Ich zucke vor Schreck zusammen.

SCHOCK

„Los!“, raunt Penny mir zu. „Steig auf! Wir reiten lieber nach Hause!“

Das lasse ich mir nicht **2 x** sagen. Ich greife in ihre Mähne und schwinge mich auf ihren Rücken. *(Was diesmal zum Glück auf Anhieb klappt.)*

„Ja, bist du denn **komplett verrückt** geworden!“, brüllt der Typ aus dem Auto hinter uns her.

„Du reißt dem armen Tier ja sämtliche Haare aus!“

„So ein **Quatschkopf“,** brummt Penny.

Sie biegt in eine schmale, unbelebte Seitenstraße ein und verfällt in den Trab.

Kurz bevor wir zu Hause sind, steige ich ab.

„Bis morgen auf dem **Ponyhof“,** sagt Penny und

pustet mir zum Abschied ihren warmen Atem in den Nacken. „Ich freue mich schon wie **Bolle** auf eine ganze Woche Reitkurs mit dir.“

MAMA SPRICHT ein MACHTWORT

„Schätzchen“, ruft meine Mutter aus der Küche, kaum dass ich zur Tür herein bin.
„Ja, Mama?“, rufe ich zurück.
Schätzchen, bist du das?, will sie wissen.
„Ja“, murmele ich, während ich mich darüber wundere, dass sie mich überhaupt gehört hat.
Ähnlich wie bei Moppie weiß man nämlich auch bei meiner Mutter nie so genau, woran man mit ihr ist. Mal kocht sie was zu Mittag, mal liegt sie auf dem Sofa, weil sie in einen ihrer *geliebten* Romane abgetaucht ist *GLUCKER* und alles um sich herum vergisst.
(Ja, auch ihre hungrige Tochter. *SCHLUCHZ*)
Und das passiert leider ziemlich häufig.

Zum Glück kann ich die wichtigsten Gerichte inzwischen selber zubereiten.

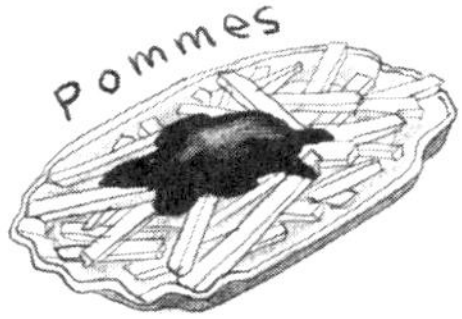

Außerdem ist immer ziemlich viel Obst da. Na ja, zumindest, wenn Mama sich daran erinnert, wo sie es nach dem Einkaufen hingetan hat. *GRÜBEL*

„*Schätzchen*?", ruft Mama nun etwas lauter.

BRÜLL

„JAHAAA?", rufe ich ebenfalls etwas lauter zurück.

„Bist du es?", erkundigt sie sich abermals.

„JAHAAA!"

„Warum sagst du das denn nicht gleich?", erwidert sie und kommt aus der Küche geschossen.

STÜRM

Als sie mich sieht, stößt sie einen **JUBELSCHREI** aus.

* kreisch! *

Sie reißt die Arme auseinander, drückt mich an sich

und bepflastert mein Gesicht mit
100 000 *Küssen*. *SABBER*

„Ich bin ja so froh“, flötet sie. „So **unendlich** erleichtert!“

„Wieso?“, frage ich, während ich *(ziemlich erfolglos)* versuche, mich aus ihrer Umklammerung zu befreien. *KÄMPF-UND-SCHWITZ*

„Ach, meine **Süße**, heutzutage passiert doch so viel SCHRECKLICHES“, erklärt sie mir unter Tränen.

SCHNIEF

„**Ufos** landen mitten auf der Kreuzung, **RIESENSPINNEN** brechen aus dem Tierheim aus und in geheimen Forschungslabors werden **lebendige** Monster gezüchtet …“, fängt sie an aufzuzählen.

„Mama, du übertreibst“, sage ich.

„Nein, mein Schatz, das tue ich ganz gewiss nicht“, widerspricht sie mit erstickter Stimme und wischt **MIR** mit einem Ärmel-

zipfel die Augen trocken. *(Obwohl nicht ich heule, sondern* **SIE.**) Dann lässt sie mich endlich los *PUH* und deutet auf das kleine rechteckige Bücher-Lesegerät, das auf der Flurkommode liegt. „Es steht ALLES da drin!“

Papa hat ihr das Ding geschenkt, damit sie ihrem geliebten DOKTOR SCHIWAGO *(einem Mann aus einem Roman, der vor ungefähr 100 Jahren in Russland spielt)* nicht länger nachtrauert *SCHMACHT* und endlich wieder auf andere Gedanken kommt.

„Ach, Mama, das sind doch alles nur erfundene Geschichten“, beschwichtige ich sie.

„Das ist mir vollkommen egal!“, erwidert sie. „Du gehst mir jedenfalls ab sofort nicht mehr aus dem Haus!“

SCHLUCK

WAAAS?

„Aber, Mama ...“, versuche ich es noch einmal, doch meine Mutter schneidet mir mit einer einzigen energischen Handbewegung das Wort ab.

SCHNIPP-SCHNAPP

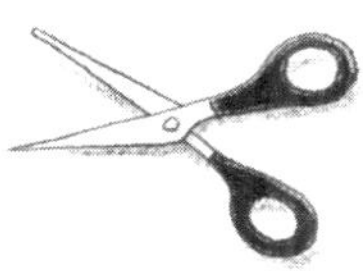

„Ich dulde keine **Widerrede!“**, sagt sie streng. „Schließlich weiß ich immer noch am besten, was gut für dich ist.“

„Und was ist mit der Schule?“, frage ich vorsichtig. „Da **MUSS** ich doch hin.“

„Nein. Das musst du NICHT!“, erwidert sie. „Die Schulgebäude in unserem Land sind alle **extrem** einsturzgefährdet. Niemand kann mich zwingen, mein Kind einer solchen GEFAHR ⚠ auszusetzen. Stell dir nur vor, dir fällt die Decke eures Klassenzimmers auf den Kopf. Danach liegst du höchstwahrscheinlich wieder wochenlang im Krankenhaus.“

„Wieso denn **WIEDER?**“, protestiere ich. „Ich war noch **NIE** im Krankenhaus *(außer bei meiner Geburt)* und schon gar nicht WOCHENLANG.“

„Du vielleicht nicht“,

sagt meine Mutter.

„Aber **DIE SABINE.**“

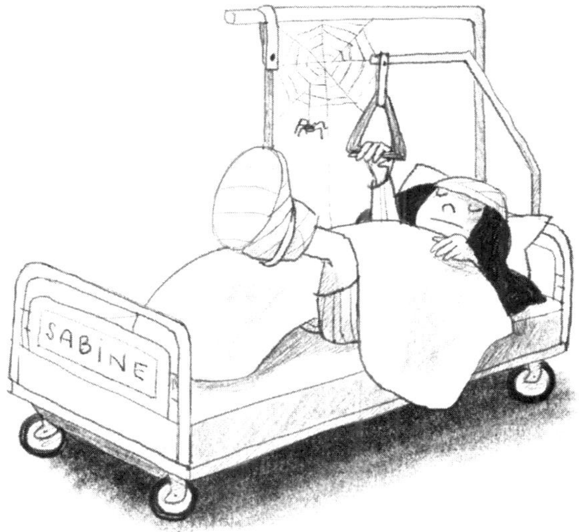

Hä?

„WELCHE SABINE?“

„Bremermann“,

sagt Mama.

Doppelt und

3-fach Hä????

„Und von deiner Direktorin bekomme ich dann auch wieder nur zu hören, dass es ihr leidtäte, was passiert sei, sie das Ganze aber nun einmal nicht ändern könne“, fährt Mama wütend fort.

Ähm … Hat sie mir überhaupt zugehört??

ZWEIFEL

„Wir haben keine Direktorin, sondern einen SCHUL-LEITER“, stelle ich richtig. *(Also einen Mann!!!)*

Ich finde nämlich, dass man sich immer schön an die

Tatsachen halten sollte. *(Insbesondere, wenn einem ein mega-ungerechter* LEBENSLANGER ??? *Stubenarrest blüht.)*

„Und du hast auch noch nie mit ihm gesprochen!!!"

„Schon möglich", gibt meine Mutter sogar zu. „Aber **FRAU BREMERMANN."**

Sie nimmt das Bücher-Lesegerät von der Kommode *SCHNAPP* und tippt wie **WILD** auf dem Display herum. „Die habe ich nämlich direkt HIER vor dem Sekretariat der **ALFRED-VON-KLOPPWITZ-REALSCHULE** getroffen. Und da hat sie mir alles ganz genau erzählt. Die Mutter vom **MICHAEL** war auch dabei. Der arme Junge hat ja direkt neben der Sabine gesessen und musste mit ansehen, wie sie **verschüttet** wurde."

HALLO?!

„Mama, ich gehe nicht auf die Alfred-von-Kloppwitz-Realschule! Und es gibt auch keine Sabine Bremermann und keinen Michael in meiner Klasse", erwidere ich **ziemlich** lautstark.

VERZWEIFELT BRÜLL

„Das habe ich auch nicht behauptet, mein **Schatz**“, sagt meine Mutter kopfschüttelnd *(und ein wenig eingeschnappt)*. „TROTZDEM.“

„Trotzdem WAS?“, frage ich.

„Bleibst du zu Hause“, antwortet sie. „So ein schreckliches Unglück wie auf der Alfred-von-Kloppwitz-Realschule kann schließlich überall passieren. Und dieses RISIKO will ich auf gar keinen Fall eingehen.“

„MAMAAA!!!“, brülle ich jetzt richtig laut und reiße ihr den blöden E-READER *(das ist Englisch und wird liih-RIEDER ausgesprochen)* aus der Hand. „Dieses Ding hier ist ein BÜCHER-LESEGERÄT! Du hast Frau Bremermann nicht in WIRKLICHKEIT, sondern in einem **ROMAN** getroffen.“

Meine Mutter guckt mich verständnislos an.

„Wo ist da der Unterschied?“, will sie wissen.

STÖHN und *AUGENVERDREH*

Nein, ich werde jetzt NICHT ausrasten!

„Die Geschehnisse in diesem Roman haben mir die Augen geöffnet", fährt meine Mutter ungerührt fort. „Und dafür bin ich diesem Lesegerät sehr dankbar. Nichts, mein **Engel,** kann aufgeschrieben werden, wenn es sich nicht irgendwann einmal irgendwo **genau so** ereignet hat."

Aha??? Na, dann hoffe ich aber SEHR, dass ihr niemals ein **FANTASY** *(Fäntesie)*-Roman unter die Augen gerät!

„Was gibt es heute eigentlich zu *essen?*", frage ich, um das Thema zu wechseln.

„Zu essen?", fragt Mama. „Warum?"

„Och, nur so", sage ich, schnappe mir eine Banane aus dem Brotkorb *(die ich dort zufällig gerade entdeckt habe)* und trabe in mein Zimmer, um dort ganz in Ruhe auszurasten. Und über eine Lösung für mein nicht gerade klitzekleines Problem nachzudenken.

DAS-GEHIRN-ZERMARTER

SCHNOTSCHI und WINNITU

Ich habe gerade einen Geistesblitz *PLING!*, als Mama mich zum Essen ruft. *(Geht doch!)*
Es gibt Bratwurst. Sie ist außen sehr viel **knuspriger** als nötig, dafür innen noch total tiefgefroren.
(Hiermit verleihe ich meiner Mutter feierlich den Sonderpreis „Verkohlte Kochmütze“, denn ich habe echt keine Ahnung, wie sie DAS hinbekommen hat.)
Der Kartoffelbrei schmeckt nach Sellerie *(hat Mama etwa die Knollen verwechselt?)* und die Erbsen erinnern gefährlich an die Plastikmunition für eine Kinderspielpistole.
PENG-UND-AUTSCH

(Dabei will meine Mutter mich doch eigentlich vor allem Unglück bewahren!)

Natürlich tue ich so, als würde mir alles ganz vorzüglich schmecken.

SCHMATZ-UND-SCHMEICHEL

„Das war köstlich, Mamilein", lobe ich und lecke mir genüsslich über die Lippen. „Wenn du nichts dagegen hast, gehe ich nach den Hausaufgaben noch ein bisschen zu **Frau Hufstedt** hinunter."

(Achtung: GEISTESBLITZ!)

„Was willst du denn DA?", erwidert meine Mutter (zu *Recht sehr)* erstaunt.
„Sie besuchen", antworte ich so, als wäre es das Normalste der Welt. *(Dabei habe ich mich bisher noch für keinen unserer Hausnachbarn sonderlich interessiert, geschweige denn jemanden besucht.)*
„Aber ich habe dir doch vorhin erst gesagt ...", beginnt Mama, ich unterbreche sie allerdings lieber gleich.
„... dass ich das **HAUS** nicht verlassen soll, ich weiß. Und das tue ich ja auch nicht."
WIMPER-KLIMPER
„Ähm ...", erwidert meine Mutter.
Mehr fällt ihr *zum Glück*!!! nicht ein.
„Na gut", sagt sie dann sogar. „Aber spätestens zum Abendbrot bist du wieder hier."
Nichts leichter als das!

Während ich auf meinem **Drahtesel** in Richtung Ponyhof Hopperweide *reite*, textet mich mein **schlechtes Gewissen** zu.

„MAN DARF NICHT LÜGEN!!
MAN DARF NICHT LÜGEN!!!"

„Jetzt halt endlich mal die Klappe“, brumme ich. „Ich bin ja nicht taub! Außerdem habe ich mir zur Strafe bereits die blonde Zopfperücke aufgesetzt.“ *HEUL*

„Erst recht darf man **seine Eltern** nicht **anschwindeln“**, fährt mein Gewissen ungerührt fort.

Ja! Ja!! Ja!!!

„Es war ein NOTFALL“, rechtfertige ich mich. „Abgesehen davon habe ich meiner Mutter lediglich einen **BÄREN** aufgebunden.“ *VERHARMLOS*

(Süßes kleines Teddyputzilein!)

Doch mein Gewissen bleibt hartnäckig schlecht.

„Was es nicht besser macht!“, erwidert es.

„Ein PONY wäre dir wohl lieber gewesen!“, versuche ich die Sache ein wenig aufzulockern.
SCHERZ-UND-WITZEL
Denn das hätte **natürlich!!!** sehr viel besser in diese Geschichte gepasst. *(So viel zum Thema ROMAN! *ZWINKER*)*
Ich parke meinen Esel vor dem Haupthaus und hechte die Eingangsstufen hinauf. Im Flur pralle ich fast mit einem Mädchen zusammen, das gerade aus dem Büro gelatscht kommt.
„Mensch, Pia! Kannst du nicht aufpassen!?“, blafft es mich an.
„Moppie!“, rufe ich. „Was machst du denn schon hier?“
„Ich habe auf dich gewartet ...“ Sie hält mir ein Blatt Papier unter die Nase.
WEDEL „... und mir inzwischen schon mal so ein **Dings**formular geholt.“
„Ein Dingsformular?“
STIRNRUNZEL

„Ja, für den **Kurs“,** antwortet Moppie. „Du weißt doch.“
„Okay“, sage ich. „Ich muss mein **Dings** noch abgeben.“
Was ich dann auch prompt erledige.
„Dein Kurs beginnt in 10 *Minuten*“, informiert mich die nette Dame mit den riesigen bunten Ohrringen, die hinter dem Tresen sitzt und mein Anmeldeformular entgegennimmt. „Der Trainer erwartet euch vor der Reithalle.“
„Ich habe übrigens noch ein Dings gekriegt“, sagt Moppie, als ich wieder neben ihr stehe.

„Was denn für ein Dings?“, frage ich. *GRÜBEL*
„Einen **Dingsbrief“,** erwidert Moppie.
„Aha?“ *WUNDER* „Und was steht drin?“
„Dass er mich liebt“, sagt Moppie und verdreht verzückt die AUGEN. *SCHIEL*
„Wer?“, frage ich.
„Na, **OMID.“** Moppie rammt mir kichernd ihren Ellenbogen in die Seite. „Du weißt schon.“

Stimmt. Da war ja was!
Es passierte auf der letzten Klassenfahrt. *(Wobei ich überhaupt nicht weiß, was GENAU da eigentlich passiert ist!)* Und deshalb hat Omid Moppie heute Mittag an der Bushaltestelle wohl auch so komisch angestarrt. SCHMACHT
„Und?“, frage ich. „Seid ihr jetzt zusammen?“
Moppie kichert noch lauter.
„QUAHATSCH!“
„Du liebst Omid also nicht?“, schlussfolgere ich.
„Doch! KLAROOO!“ Moppies Ellenbogen trifft meine Rippen jetzt so doll, dass ich fast die Eingangsstufen hinunterfalle. *STOLPER* „Und wie!“

Tja, das ist dann natürlich ein ziemlich guter Grund, um nicht mit ihm zusammen zu sein!
AN DEN KOPF TIPP
„Du verstehst das nicht“, sagt Moppie und guckt mich an, als wäre ich ungefähr 3 und sie **45.**
„Muss ich ja auch nicht“, brumme ich und gehe einfach weiter an der Ponykoppel vorbei auf die Reithalle zu.

Vor dem großen Eingangstor stehen bereits **9** Mädchen zwischen 8 und 12 Jahren und die **9** dazugehörigen Mütter, die ununterbrochen an ihren Töchtern herumzupfen. „Oooch, wie süüüß!“, höre ich Moppie hinter mir noch quietschen, dann ist sie plötzlich weg.

WUSCH

Ich wirbele herum, um zu gucken, wo sie abgeblieben ist, und entdecke sie im Schatten eines Baumes am Koppelzaun. Moppie streckt gerade ihre Hand nach einem bunt *gefleckten* Pony aus, das ein wenig abseits seiner Artgenossen grast.

Es dreht seine Ohren in Moppies Richtung, wippt mit dem Kopf auf und ab und trabt dann sofort auf sie zu.

„Na, dann viel Spaß, **Ponyflüsterin**“, murmele ich und lasse meinen Blick noch kurz auf einem Mann ruhen *SCHLUMMER*, der ein paar Schritte hinter Moppie steht und die Ponys auf der Koppel durch ein Fernglas unter die Lupe nimmt. Er ist mindestens so groß wie ein Schrank.

KK *(= Komischer Kauz)*, durchzuckt es mich, und dann **DK** *(= DOPPELT KOMISCH)*, denn irgendwie kommt mir der Kerl verdammt bekannt vor.

(Wenn mir bloß einfiele, WOHER/WESHALB/WARUM *…*
Was vermutlich besser klappen würde, wenn er nicht dieses blöde Fernglas im Gesicht hätte.)

Kopfschüttelnd trabe ich weiter.

Eigentlich habe ich keine große Lust, mich zu den wartenden 9 Mädchen und ihren Müttern zu gesellen.

Wenn ich es aber nicht tue, halten mich alle hier wahrscheinlich für eine mega-eingebildete **TUSSI,** und darauf habe ich noch weniger Lust.

Aus der Ferne finde ich ein Mädchen mit glänzenden schwarzen Haaren am sympathischsten. Es scheint UNGEFÄHR so alt zu sein wie ich, also exakt 10 Jahre.

Ich gehe auf den schwarzen Schopf zu, zaubere mir ein Lächeln auf die Lippen *HEX-HEX* und sage:

Hallo, ich bin Pia. Hast du dich auch zum Anfängerreitkurs angemeldet?

Nee, das war **Mama**,

antwortet das Mädchen, nachdem es mich ungefähr **46** ewig lange Sekunden einfach nur angestarrt hat. *GLOTZ*

„Ach so“, sage ich und überlege, ob ich mich nicht lieber doch gleich wieder verdünnisieren sollte. *GRÜBEL*

Blöderweise lasse ich mir dabei zu viel Zeit, denn inzwischen scheint das Mädchen *(oder sein Gehirn)* in die Gänge gekommen zu sein.

„Ich heiße **SCHNOTSCHI**“, stellt es sich vor und verzieht den Mund nun ebenfalls zu einem Lächeln *(allerdings in Zeitlupe)*. „Den Namen hat **Mama** mir gegeben.“

„Wow“, sage ich. „Ist ja toll.“

RÄUSPER

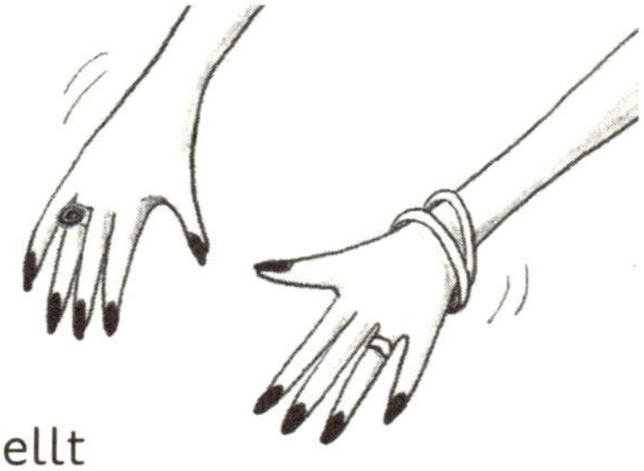

Aus dem Augenwinkel bemerke ich eine Hand mit *rot lackierten* Fingernägeln, die auf mich zuschnellt und mir einen Fussel *(oder Krümel oder was auch immer)* vom T-Shirt zupft.

He!, denke ich.

Doch noch ehe ich mich fertig gewundert *(und empört!!!)* habe, stecken bereits zwei dieser *Lackfingerhände* in meinem Hosenbund, und einen Atemzug später *KEUCH* hebe ich vom Boden ab.

Geschlagene **5** Sekunden hänge ich in meiner Jeans in der Luft. Als ich wieder festen Grund unter meinen Füßen spüre, reicht sie *(die Jeans!!!)* mir unten nur noch bis zu den Waden, dafür oben aber bis fast unter die **Achseln.**

„So", sagt **SCHNOTSCHIs** Mama. „Das sieht viel besser aus!

Jetzt müssen wir nur noch deine Zöpfe neu flechten", setzt sie nach einem kurzen kritischen Blick in mein Gesicht hinzu und eine Sekunde später macht SIE sich bereits an meiner Perücke zu schaffen. „Vielleicht trägst du deine Haare aber auch einfach mal offen. So wie SCHNOTSCHI."

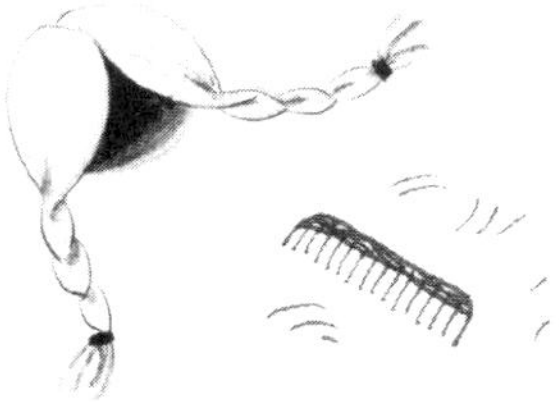

WIE BITTE???

Meine Mutter ist ja schon nicht ganz ohne, aber diese hier hat wirklich einen Socken-schuss!

„Nein", widerspreche ich. „Ich mag es so, wie es ist."

„Nun ... ICH nicht." SCHNOTSCHIs Mama kräuselt die Lippen.

„Piiiaaa ... Mir würde es auch SEHR viel besser gefallen, wenn du einen anderen Namen hättest."

WAAAS?

„Zum Beispiel WINNITU."

Ich glaub, mich tritt ein Pferd!

„Aber das ist ein **MANN** gewesen!“, rufe ich *(jetzt mega-empört).*
QUALM
„Heutzutage können auch Mädchen so heißen“, klärt **SCHNOTSCHIs** Mama mich auf. „Und **SCHNOTSCHI** & **Winnitu** – das klingt doch hübsch ... jetzt, wo ihr so **DICKE** Freundinnen seid.“

„Ich glaube, ich werde mal mit deiner Mutter darüber sprechen“, fährt sie fort. „Vielleicht lässt sich da ja noch was ändern.“
„Nein!“, sage ich *BRÜLL* und mache vorsichtshalber

einen Schritt rückwärts, damit sie mich bloß nicht wieder angrabbelt.

„Aber selbstverständlich werde ich das tun!“, entgegnet SCHNOTSCHIs Mama ungerührt und kramt ein Handy aus ihrer Handtasche. „Gib mir bitte mal eure Telefonnummer und am besten auch gleich die Adresse.“

„1234567“, rattere ich herunter.

„Flohfurzgasse 89.“

LÜG-UND-SCHWINDEL

Diesmal bleibt mein *Gewissen* allerdings stumm wie ein .

Und dann kommt zum **Glück** auch endlich unser Trainer aus der Reithalle.

„Hallo und lich willkommen zusammen", begrüßt er uns. „Ich bin NILS GALOPPSKY und werde euch in den nächsten 6 Wochen die Grundlagen des Reitens vermitteln. Wenn ihr mir also bitte alle mal in den Stall folgen würdet. Eure fürsorglichen Mamis können euch dann in einer Stunde an genau dieser Stelle wieder abholen."

EXPERTENGEFLÜSTER *mit* UND OHNE *Pony*

Meine erste Reitstunde zieht sich hin wie Kaugummi *LEIER*, was vor allem daran liegt, dass Nils uns erst mal nur den Hof zeigt. *(Und wir keine einzige klitzekleine Sekunde reiten.)*

Wir betrachten die Heu- und die Strohballen, das Zaumzeug, die Sättel, Helme und Stiefel, die Schubkarren, die Eimer und am Schluss auch noch die **Mistgabeln.**

Danach spazieren wir von Box zu Box und lernen alle **Ponys** im Stall, in der Reithalle und dann auch noch die auf der Koppel kennen.

GÄHN

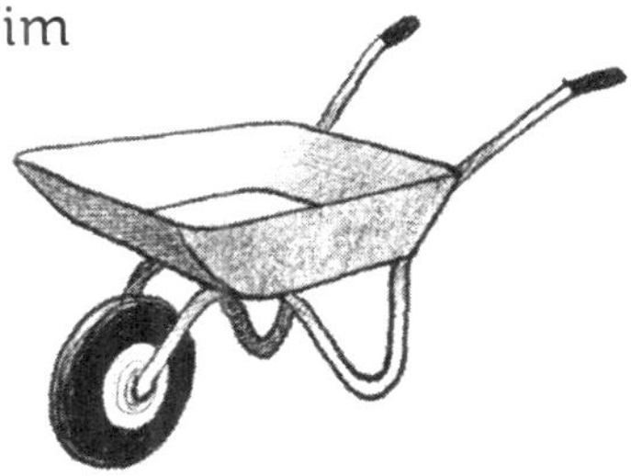

Nils ist total nett und er erklärt auch wirklich alles sehr anschaulich. *SCHNARCH*
Ein bisschen beneide ich Moppie, die noch immer am Koppelzaun steht und das bunt gefleckte Pony volltextet.
„Mihaamiiiha müh mah jiahhhchcha brrr chhhhh jiihihihihaaaa."
Kicher
Sie ist so mit dem Pony und ihrem Pferdegeflüster beschäftigt, dass sie mich zwischen Nils und all den Mädchen gar nicht bemerkt. Was vielleicht auch ganz gut so ist, weil sie sonst wahrscheinlich einen Eifersuchtsanfall kriegen würde.
Denn:
SCHNOTSCHI hat ihre Hand in meine geschoben, und dort ist das klebrige Teil trotz unzähliger **energischer** Abschüttelungsversuche geblieben *PAPP*, seitdem wir vor einer ½en Stunde losgezockelt sind.

8 Mütter haben sich auch bis jetzt nicht von der Stelle gerührt, sondern sind einfach vor der Reithalle stehen geblieben. (*Wahrscheinlich haben sie Angst, dass sie ihre Töchter verpassen, wenn die Reitstunde zu Ende ist.)*

Nur **SCHNOTSCHIs** Mama ist gegangen ... nämlich neben uns her.

Und genau das macht sie immer noch. *NERV*

Nils, der sich alle paar Minuten seine schicke blonde Stirntolle aus der Stirn streicht, hat sie aus seinen koppelGRASgrünen Augen ein bisschen komisch angeguckt, aber **NIX** gesagt.

„Übermorgen lernt ihr dann das Aufsatteln, das Stallausmisten und das Striegeln ...“

STÖHN

„... und danach suchen wir uns dann ein schönes Pony zum **Reiten** aus“, erklärt er zum Abschied.

JUBEL

Und schon krähen

KIKERIKI alle 9 Mädchen los.

„Ich will das **SCHWARZE!"**

„Ich das **BRAUNE!"**

„Ich das mit dem **WEISS** vorne!"

„Ich das kleine **DICKE!"**

„Ich das SÜSSE! Das, was so voll süüüüüüüüüüüüß war!"

„Ich nehme das **BUNTE!"**

„Nee, das will ich schon! Du kannst das mit der zotteligen Mähne haben!"

„Mir ist es egal. Ich mag Ponys."

Ach tatsächlich??? *STAUN*

„Und ich will **ALLE!"**, kreischt **SCHNOTSCHI.**

„Okay, dann nehme ich das GRÜNE", murmele ich *(in echt wird mein Pferd natürlich Penny sein)* und versuche nochmals, mich aus **SCHNOTSCHIs** Finger-Umklammerung zu befreien. Leider vergeblich. *HEUL* Es fühlt sich an, als ob man meine Hand in einen Schraubstock geklemmt hätte!

„Aber da war gar kein GRÜNES“, sagt **SCHNOTSCHI** und guckt mich aus ihren kugelrunden braunen Schokoladenaugen an, als würde genau in diesem Moment die GAAANZE Welt untergehen.

„Ich habe auch kein grünes Pony gesehen, mein Schatz“, versucht ihre Mama sie zu beruhigen.

„Und wenn es kein grünes gibt, dann bekommt **Winnitu** eben keins.“

HALLO!!!

„Ich werde sie morgen jedenfalls alle für dich ausprobieren“, fährt **SCHNOTSCHIs** Mama fort und küsst ihre Tochter auf die Backen *(vorne oben)*, die Nase, die Stirn, die Glänz-Haare und den Mund.

BÄÄÄH

„Und dann reite ich das Schönste für dich ein."
Sockenschuss-Mama hin oder her ... Aber DARAUF freue ich mich schon jetzt!!!

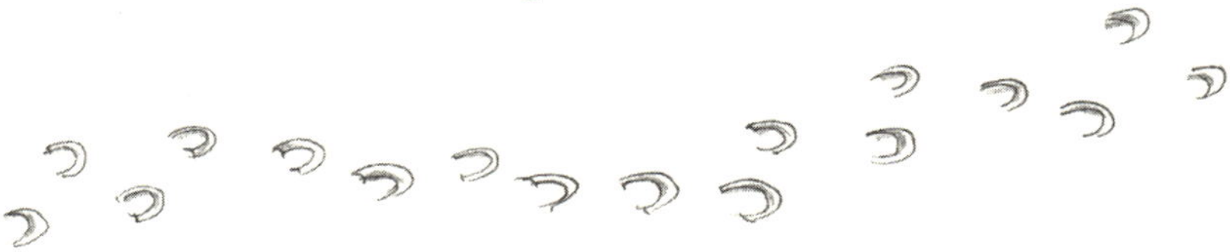

„Hey, Pia! HEYHO!???", ertönt Moppies Stimme hinter mir.
Ich wirbele herum.
Nein, falsch. Ich WÜRDE gerne herumwirbeln, doch es geht leider nicht, weil ich noch immer in SCHNOTSCHIs Hand eingeklemmt bin.

Mittlerweile ist meine völlig taub, und ich erinnere mich nur noch sehr dunkel daran, wie es sich anfühlt, **2 Hände** zu haben.
Wie belämmert *MÄÄÄH* (*be*PONYT??? *JIHAAA*) laufe ich neben SCHNOTSCHI her. KEUCH
„Was ist denn?", zischt sie.
„Meine Freundin hat mich gerufen", sage ich.
„**ICH** bin deine Freundin", erwidert SCHNOTSCHI.
UUUPS, das hätte ich fast vergessen! *FLÖT*
„Na ja ...", gebe ich vorsichtig zurück. „Moppie ist es aber schon länger."
Augenblicklich lässt SCHNOTSCHI meine Hand los – was ich allerdings erst merke, als sie total zu **kribbeln** anfängt. (*Nicht* **SCHNOTSCHI,** *sondern meine* HAND!)
„Dann eben nicht", blafft sie und stiefelt mit hoch erhobenem Kopf und wehenden schwarzen Glänz-Haaren davon.
„*Was war das denn für eine?*", will Moppie wissen.
„Ach, bloß eine aus dem Kurs", sage ich und schüttele meine Hand aus, damit sie möglichst schnell wieder **aufwacht.**

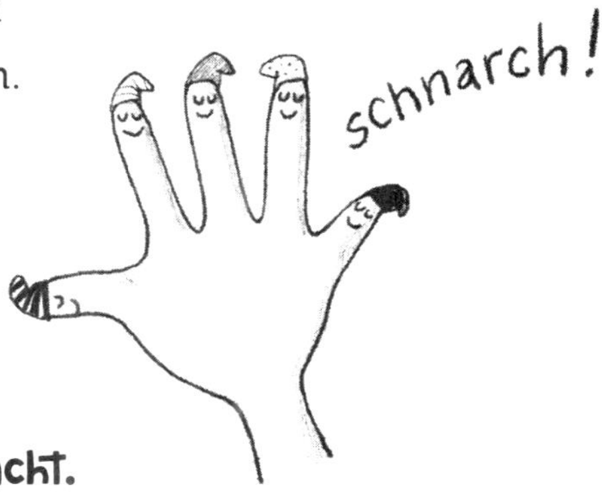

„Ihre Mutter hat voll den Sockenschuss. Und sie auch."

„Hmmm", macht Moppie bloß und verzieht dann ihren Mund zu einem *seligen* GRINSEN. *GRIEN*

„Ich weiß übrigens noch nicht, ob ich mich wirklich zum Reiten anmelden soll", eröffnet sie mir.

„Warum denn nicht?", frage ich. *ÜBERRASCHT GUCK*

„Gefällt es dir hier etwa nicht? Oder hast du Angst vor den Ponys?"

„OBERQUARK!", sagt Moppie und hämmert so lange auf ihrer Stirn herum, bis dort eine kleine Delle entsteht. „Ich finde Ponys super. Schließlich bin ich **Pferdeflüsterin.**"

Ach ja! Wie dumm von mir. *HÜSTEL*

„Aber?", hake ich nach.

„Reiten ist **uncool**", erklärt Moppie.

Ich glaub, mich tritt eine ganze PFERDEHERDE!!!

„Wieso denn das auf einmal?", platzt es aus mir heraus.

„Weil ich mir jetzt ziemlich sicher bin, dass die Ponys das gar nicht mögen", erwidert Moppie achselzuckend. „Haben sie dir das etwa **zugeflüstert?**", frage ich und beobachte dabei fasziniert die **Delle** auf Moppies Stirn, die sich ganz plötzlich in eine Ausbuchtung von der Größe einer **Murmel** verwandelt. *PLOPP*

Nee! Meine Freundin schüttet sich beinahe aus vor Lachen. *GRÖL*

„Po-honys kö-hönnen d-doch ni-hicht mit Me-henschen reden. Da-has geht nur umgekehrt."

Wenn du wüsstest!, denke ich und lache ein bisschen mit.

„Die auf der Koppel sind jedenfalls viel **FRÖHLICHER** als die im Stall und in der Reithalle", sagt Moppie, nachdem sie sich wieder eingekriegt hat.

„**Aha.** Und wie kommst du darauf?", frage ich erstaunt.

Moppie spreizt Zeige- und Mittelfinger auseinander und deutet auf ihre **Augen.**

„Durch Beobachten!"

„Aber du hast doch die ganze Zeit dort am Zaun gestanden und das gefleckte Pony *besprochen*“, sage ich.

„Eben nicht“, erwidert Moppie geheimnistuerisch. „Ich habe mir den ganzen Hof angeschaut. Genau wie ihr. Aber ich habe **viiieeel** mehr mitgekriegt. Und ich habe mich mit einem Mann unterhalten, der richtig **Ahnung** hat von Pferden.“

Jetzt platze ich geradezu vor Neugierde.

KNALL-UND-PENG-UND-EXPLODIER

„Was denn für ein Mann?“

„Sag ich nicht“, neckt Moppie mich.

ÄTSCHE-BÄTSCH

„Das **Glück der Pferde** liegt jedenfalls nicht auf ihrem Rücken. Und wahrscheinlich auch nicht auf diesem Reiterhof.“

„Und wie bist du zu dieser schlauen Erkenntnis gekommen?“

„**EXPERTENGEFLÜSTER**“, sagt Moppie nur.

↑ TIERSCHÜTZER!

Hilfe! *AUGENVERDREH* Das ist ja glatt zum Pony–, ach nee: Mäusemelken!

So **geschwollen** dahergeschwafelt hat Moppie ja noch nie.
Und leider ist es auch das Letzte, was ich in dieser Sache aus ihr herausbekomme.

Beunruhigende Ereignisse

Ich schließe die Haustür auf, bringe meinen **Drahtesel** *KLAPPER* in den Keller und husche anschließend megaflugsgeschwind *FLITZ-UND-SAUS* und ultra-leise wieder die Treppe ins Erdgeschoss hinauf. *(Dort wohnt Frau Hufstedt.)*

Dann latsche ich extrem laut *TRAMPEL* weiter hoch bis zu unserer Wohnungstür und drücke auf die Klingel.

DRIIIIIIING!

Es hat noch nicht ganz fertig **GEDRINGE-LINGT,** da wird sie auch schon aufgerissen *(nicht die Klingel, sondern die Wohnungstür)* und mein **Vater** steht auf der Schwelle.

Wo kommst du jetzt her?, zischt er.
In seinen Augen funkelt es. *(Bedrohlich? Warnend? Mahnend?)*

SCHOCK

Trotzdem kriege ich es irgendwie hin, die Ruhe zu bewahren.

Ähm ..., stammele ich. „Äh ... ähm ..."
„Sehr aufschlussreich", raunt Papa.
Dann packt er mich am Arm, zieht mich in den Flur und drückt die Tür hinter mir zu.
„Ähm, ich komme ... äh ... *von Frau Hufstedt?*", frage ich ihn vorsichtig.
„Mhm." Mein Vater nickt. „Das zumindest denkt deine Mutter. Dort warst du aber nicht. Genauer gesagt: **NOCH NIE**."
SCHLUCK
„Stimmt", gebe ich zu. „Aber heute hat doch mein Reitkurs angefangen. Und Mama will mir **für immer und ewig** verbieten, das Haus zu verlassen. Sie meint ..."

fällt Papa mir flüsternd ins Wort.
PURZEL „Und deshalb bleibt
die Sache mit Frau Hufstedt
unter uns."

Okaaayyyy …???

„Sie ist damit einverstanden, dass du sie jeden Tag für ein paar Stunden besuchst", setzt er hinzu.

OH *mein Gott!*

„Du hast es Frau Hufstedt gesagt?", stoße ich viel zu laut hervor.

Vor Schreck drücke ich mir beide Hände auf den Mund. Mein Vater rollt mit den Augen *KULLER* und nickt verschwörerisch.

„Ebbwa bass Mama manschbal plemplem isch?", presse ich unter meinen Händen hervor.

„Es ging nun mal nicht anders", erwidert Papa mit einem entschuldigenden Schulterzucken. „Und zum **Glück** findet Frau Hufstedt es auch gar nicht weiter schlimm. Sie meinte, dass doch jeder so seine MACKEN hätte … Tja, und dann hat sie mit ihrer wiehernden Lache *Wüi-hi-hi-aa!* die Treppenhauswände zum Wackeln gebracht."

Oh, nein!

„Hat Mama das etwa mitgekriegt?", frage ich entsetzt. „Dann darf ich da garantiert auch nicht mehr hin." *(Achtung Einsturzgefahr!)*

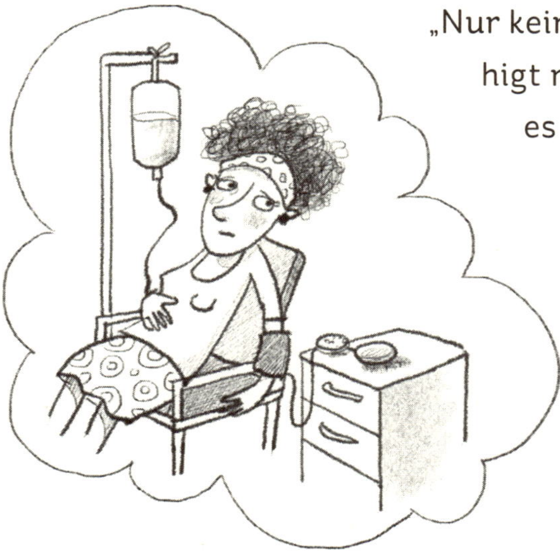

„Nur keine PANIK", beruhigt mein Vater mich. „Als es wieherte, war sie gerade beim Herzspezialisten zum Blutdruckmessen."

Plötzlich habe ich einen 

im Hals.
(Leider ist er weder aus Kartoffeln noch aus Semmelteig und er enthält auch keine süßen Rosinen oder knusprigen Speckwürfel. Jam Jam *…)*

„Wieso? Was ist denn mit Mama?“, würge ich mühsam hervor.
„Was soll schon mit ihr sein?“ Mein Vater hebt grinsend die Arme. „Sie liegt **auf dem Sofa** und liest.“

Oh!

„Den **Iiih-Rieder** habe ich schon an einen sicheren Ort verfrachtet, aber deine Mutter hatte wohl noch ein paar *ungelesene* Bücher im Regal“, erklärt Papa mir. „Wir können es ihr ja nicht verbieten und …“

„Trotzdem“, falle ich ihm ins Wort. „So kann es ja wohl auch nicht weitergehen. Was, wenn sie dir ebenfalls verbietet, das Haus zu verlassen?“ *GRUSELGRAUS*

„Das hat sie bereits“, sagt mein Vater. „Ich werde in Zukunft also noch **Viiieeel** mehr Zeit bei Frau Hufstedt verbringen als du.“ *SEUFZ*

Ts!

„Da können wir ja gleich bei ihr einziehen“, brumme ich.

„Gott behüte!“, erwidert Papa und zwinkert mir zu. „Wenn wir uns den ganzen Tag dieses **Gewieher** anhören müssen, VERWANDELN WIR UNS AM ENDE WOMÖGLICH NOCH IN PFERDE!“

DOPPEL-UND-DREIFACH-SCHOCK

Will er damit etwa andeuten, dass er **PENNYS GEHEIMNIS** kennt? Puh, nö ... bestimmt war das bloß ein Scherz.

... LACH UND WIEHER ...

Und deshalb ist es wohl das Beste, wenn ich GAR nicht darauf eingehe.

„Dieser Reiterhof …“, beginnt Papa nun plötzlich mit ziemlich ernster Miene. „Dort ist doch alles in Ordnung?“

„Ja … glaub schon. Warum?“

AM KOPF KRATZ

„Nur so“, wiegelt mein Vater ab. „Reines Interesse.“

Och nö, bitte nicht, denke ich. *FLEH* Es ist schon nervig genug, dass Moppie mit ihrem Expertengeflüster so geheimnistuerisch tut. Da muss Papa nicht auch noch damit anfangen.

„Warum fragst du dann so komisch?“, hake ich also nach.

„Na ja, ich habe da neulich was in der Zeitung gelesen“, erwidert er.

AHA!

„Und was?“

„Offenbar VERSCHWINDEN in dieser Gegend immer wieder Ponys.“

Oh mein Gott!

Natürlich denke ich sofort an Penny!
„Wie denn das?", stoße ich hervor. *keuch*
„Entweder hat man den Inhabern der Reiterhöfe gefälschte Kaufverträge vorgelegt oder die Ponys wurden in der Nacht von den Koppeln gestohlen", erklärt Papa mir. „Angeblich sollen **Tierschützer** dahinterstecken."

TIERSCHÜTZER?
„Was hat denn das mit **Tierschutz** zu tun, wenn man Pferde klaut?", rufe ich empört.
„Vielleicht stimmt das ja auch gar nicht", meint Papa achselzuckend. „Ich vermute eher, dass die Ponys von einer **kriminellen Bande** gestohlen und ins Ausland verkauft werden."
ACH DU SCHRECK!
„Aber mach du dir mal keine Sorgen …", fährt mein Vater fort und zerzaust mir zärtlich die

Perücke. „Auf dem **Reiterhof Hopperweide** wissen sie bestimmt längst darüber Bescheid und passen besonders gut auf ihre Tiere auf."

NA, HOFFENTLICH!

„Ab jetzt fahre ich jeden Tag zum Ponyhof", verkündet *elloppie* gleich am nächsten Morgen in der Schule, als ich mich neben sie auf meinen Stuhl fallen lasse. * PLUMPS *
Im Gegensatz zu mir * GÄHN * ist sie erstaunlich wach.
„**OMID** kommt übrigens auch mit."

UFF!

„**Du** hast ja heute keine Reitstunde", fährt sie fort und schaut mich von der Seite an. Dabei kaut sie nachdenklich auf ihrer Unterlippe herum. *NAG*
„Stimmt", sage ich. „Wieso?"

„Weil du dann ja wahrscheinlich zu Hause bleibst …“

… und sie dann in aller Ruhe nicht nur mit den Ponys, sondern auch mit Omid kuscheln kann?

UHÄÄÄ!

„Na ja, ist auch egal“, meint Moppie mit einem ultralässigen Schulterzucken. „Ich muss Omid das mit den Pferden sowieso erst mal erklären.“

„Was gibt es denn da zu **erklären?“,** frage ich. „Wie herum man beim Füttern die MÖHREN halten muss, oder was?“ *WITZEL*

Moppie schüttelt den Kopf.

„Nee, was anderes“, antwortet sie mit ernster Miene.

„Jetzt tu doch nicht wieder so *geheimnisvoll!*“, knurre ich.

Moppie mustert mich mit gespitzten Lippen.

„Es ist wegen dem **Reiten**“, sagt sie schließlich.

„Und den ... WILDEN PONYS ...“

Hä?

„Welche WILDEN PONYS?"

„Na die, die überall frei rumlaufen“, entgegnet sie.

„Du meinst jetzt aber nicht die auf der Koppel?“

„Haha!“ Moppie tippt sich an die Stirn – und zwar genau auf die Murmel, die gestern dort herausgeploppt ist. „Du hast echt keine Ahnung. Schon gar nicht von **PFERDEN**!“ *(Ist klar!)*

Als sie ihre Hand sinken lässt, ist die Murmel verschwunden. *GLOTZ-UND-STAUN*

„Du kannst dir das mit dem **Reitkurs** ja noch mal überlegen“, empfiehlt sie mir. Und mehr ist auch heute nicht aus ihr herauszukriegen.

Nachmittags tausche ich meine blonde Zopfperücke gegen die mit der schwarzen Krause, weil das Pennys **LIEBLINGSPERÜCKE** ist, und schleiche mich aus dem Haus.

Tapp-Tapp-Tapp

Mama lasse ich auf dem Sofa (*ähm,* beim *Herzspezialisten*) zurück und in dem sicheren Glauben, dass ich **Frau Hufstedt** besuche.

Ich bin wirklich sehr gespannt, was mein Vater sich einfallen lässt, um sie von ihrem

FÜRSORGE-DAUER-HAUSARREST-TRIP

abzubringen.

Weil es nie ganz klar ist, um welche Uhrzeit genau Penny sich in ein  verwandelt, gehe ich zuerst bei ihr daheim vorbei.

Ich klingele mir fast die Finger wund *AUTSCH*, doch bei den **Trüffels** im Hufeisenweg rührt sich mal wieder nichts. Also setze ich meinen Drahtesel erneut in Bewegung und düse zum Ponyhof Hopperweide hinaus.

"RAPPEL-DI-KLAPPER"

Kurz bevor das hübsche große Eingangstor in Sichtweite kommt, mache ich eine **Vollbremsung** *QUIETSCH* und springe aus dem Sattel.
Ganz bestimmt ist es besser, wenn ich *Moppie* hier und heute nicht über den Weg laufe!
Das Gestrüpp links vom Wegrand scheint mir ein hervorragendes **Versteck** für mein Rad zu sein.
Hastig schaue ich mich nach allen Seiten um, damit ich auch wirklich sicher sein kann, dass mich KEINER *(und damit meine ich vor allem* MOPPIE) beobachtet, dann schiebe ich meinen Esel ins dichte Blättergrün.

- - - SPÄH!

Kaum ist das erledigt, taucht im Tor zum **Ponyhof** eine junge Frau auf. Sie hat lange pechschwarze Haare und ist Penny wie aus dem Gesicht geschnitten. *SCHNIPPEL*

Und während sie langsam auf mich zukommt, klopft mein  immer schneller. *Poch-Poch*
„Hallo!“, ruft sie. „Bist du Pia?“
Obwohl ich erstens im Boden festgewachsen und 2tens zu Holz und Rinde erstarrt bin, schaffe ich es irgendwie zu nicken.
„Dachte ich es mir doch“, erwidert die Frau und legt einen ZAHN zu. *(28 plus 4 Weisheitszähne plus 1 dazugelegt, macht 33, als sie schließlich vor mir steht.)*

28+4+1=33

„Meine Name ist *Penelope Trüffel*“, stellt sie sich vor und streckt mir ihre Hand entgegen. Ich ergreife sie zögernd und sage:

Hallo! Ähm ... ist Penny schon ...?

„Ja." Frau Trüffel lächelt. „Seit einer halben Stunde. Sie steht bereits in ihrer **BOX** und wartet dort auf dich."

ECHT JETZT?

„Aber wir waren doch gar nicht verabredet!", platzt es aus mir heraus.
„Na ja ..." Frau Trüffel lächelt noch breiter. Außerdem will sie meine Hand offenbar gar nicht mehr loslassen. „Penny hat mir erzählt, wie schön es ist, wenn ihr beide zusammen **ausreitet.** Ich glaube, sie ist sich ziemlich sicher, dass du keinen einzigen ihrer **PONY-TAGE** verpassen willst."
Der Blick aus Frau Trüffels dunklen, fast schwarzen Augen ist unglaublich intensiv. Ein bisschen fühlt es sich an, als wollte sie mich in sich hineinsaugen.

SCHLÜRF

Aber wahrscheinlich **checkt** sie mich einfach bloß ab. Trotzdem rauscht mir ein angenehmer Schauer über den Rücken.

PRICKEL

Und dann – ganz plötzlich – gibt Penelope Trüffel meine Hand frei.

„Jedenfalls habe ich mit der Besitzerin des **Ponyhofs** alles geklärt", fährt sie fort.

„Du darfst Penny **jederzeit** besuchen und dich um sie kümmern. Füttern, striegeln, Stall ausmisten …"

„Aber ich habe doch erst gestern mit meinem Reitkurs begonnen", falle ich ihr ins Wort.

„Na wunderbar!" Penelope Trüffel tätschelt mir die Wange. „Ich bin sicher, du wirst sehr schnell lernen. Und vielleicht …"

Sie bricht ab und schüttelt kaum merklich den Kopf.

Was?, bohre ich nach.

„Ach, nicht so wichtig", meint Frau Trüffel.

„Hauptsache, ihr BLEIBT FREUNDINNEN“, fügt sie hinzu, nachdem sie sich ungefähr **10** Frösche aus dem Hals geräuspert hat. *QUAK*

KLAR bleiben wir das!, denke ich bei mir.
Wieso auch nicht?
Über die Lippen bringe ich das allerdings nicht.
(Komisch eigentlich.)
„Lustig, dass Sie genauso heißen wie Ihre Tochter“, entfährt es mir stattdessen.
„Meine Eltern haben mich ZUM GEDENKEN an eine meiner URGROßMÜTTER so genannt“, spult Frau Trüffel herunter, während sie ihre Handtasche öffnet und eine kleine pinkfarbene Schachtel mit einer großen **goldenen** Schleife daraus hervorholt.

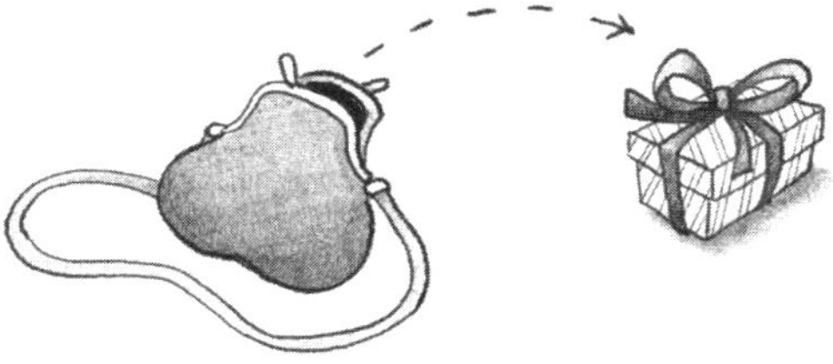

KRAM

„Mein Mann und ich fanden diesen Namen so *hübsch*, dass wir ihn nach Pennys Geburt gleich an sie weitergegeben haben."

„Aha ...", murmele ich.

Ganz kurz überlege ich, ob ich ihr von den **Ponydiebstählen** erzählen soll, verwerfe diesen Gedanken aber gleich wieder. Zuerst rede ich mit Penny darüber.

(Damit ich auch bestimmt nichts falsch mache.)

„Das hier ist übrigens für deine liebe Mutter", fährt Penelope Trüffel fort und drückt mir die pinkfarbene Schachtel in die Hand. „Meine *allerfeinsten* Pralinen ... mit den besten Grüßen von mir."

Ähm ...

Ich starre auf die Schachtel *GLOTZ* und richte meinen Blick schließlich wieder auf Frau Trüffel ... die jetzt *(gefühlte* **5** SEKUNDEN *später)* nur noch ein kleiner bunter Punkt in der Ferne ist.

Dabei hatte ich sie eigentlich noch fragen wollen, wieso ihr **Pralinenladen** keinen richtigen Eingang und auch kein Schaufenster hat …

Von  +  + einem knallharten VERBOT

Obwohl ich meine Augen die ganze Zeit sperrangelweit offen halte, renne ich Moppie direkt in die Arme.

Sie hievt nämlich gerade einen Heuballen in eine Schubkarre *ÄCHZ-UND-STÖHN*, als ich in den Stall trete.

„Was willst **du** denn hier?", pflaumt sie mich an. „Du hast **HEUTE** keine Reitstunde, Pia! Das habe ich dir doch in der Schule schon gesagt."

„Na und?", knurre ich. „Ich darf ja wohl trotzdem hier sein."

ABER NICHT ZUM REITEN, erwidert Moppie.

„Und wenn doch?“, entgegne ich und schaue mich um. „Wo ist denn OMIO? Wollte der nicht eigentlich mitkommen?“
Moppie deutet mit dem Kinn in Richtung Boxengang.
„Er guckt sich die **Ponys** an. Wie doll sie schon durchgeritten sind und so. Die kann man nämlich nicht mehr retten.“

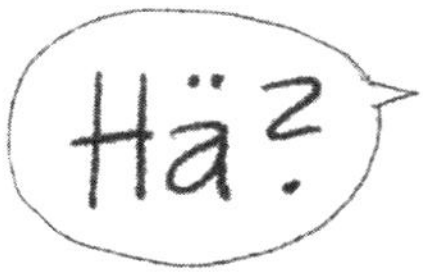

„Tut mir leid, Moppie“, brumme ich, „aber ich verstehe nur **Bahnhof.**“
Meine Freundin zuckt die Achseln.
„Macht ja nix“, meint sie, umfasst die Schubkarrengriffe und zockelt los.
LATSCH-UND-TRAMPEL
Vor der **2**ten Box auf der rechten Seite hält sie an. Hinter der geöffneten Tür bemerke ich ein ziemlich großes dunkelbraunes Pony, das gerade den letzten Rest Heu aus seiner Futterraufe frisst.

ZUPF-UND-ZERR

Neben ihm steht Omid und streicht mit einer großen ovalen Bürste über sein *seidig* glänzendes Fell.

„Dürft ihr das überhaupt?", frage ich.

STAUN

„Aber klar doch", sagt Moppie. „Ob du es glaubst oder nicht, das ist alles mit der **Pferdewirtin** abgesprochen."

„Auch dass die Boxentür **offen** steht?", wundere ich mich.

Nö, gibt Moppie ohne viel Gedruckse zu. „Aber es ist einfach praktischer so."

Sie zieht eine  aus ihrer Hosentasche (*es ist zwar erst in 6 oder 7 Jahren so weit, aber als* Irgendwann-mal-Friseurin *hat sie natürlich immer eine dabei!)* und zerschneidet damit die Schnüre, die das Heu zusammenhalten.

RITSCH-UND-RATSCH

Dann hievt sie den Ballen aus der Schubkarre, stemmt ihn hoch über ihren Kopf *(vielleicht will Moppie später ja doch lieber* Gewichtheberin *werden …)* und pfeffert ihn Omid direkt vor die Füße.

Das Pony macht einen gewaltigen Satz zur Seite und stößt dabei an die hintere Boxenwand. Es wiehert erschrocken

HiiiAAAH!

und seine Augen werden so groß wie **5-EURO-MÜNZEN** *(wenn es sie gäbe).*

Omid macht ebenfalls einen **RIESENSATZ.** *(Und zwar weg vom Pony in Richtung Tür.)* Über den *(inzwischen aufgeplatzten)* Heuballen hinweg fliegt er direkt auf Moppie zu.
„Bist du **verrückt** geworden!“, brüllt er. „Das Pferd hätte mich fast **tot**getreten!“
„Umpf“, macht Moppie in Omids Bauch hinein.
Sie verliert das Gleichgewicht, rudert wie WILD mit den Armen *(als ginge es darum, einen Paddelwettbewerb zu gewinnen)* und plumpst rücklings in die Schubkarre.
Moppie heult los wie eine Sirene.

JEIIIJEIIJEIIIJEIII-JAOOOUUUL!

Das Pony *wiehert* dazu.

HIIIIIAAAAAHHHHH!!!

Es bäumt sich auf und schlägt kräftig nach hinten aus, sodass seine **Hufe** gegen die Boxenwand donnern.

KRACH UND KRAWUMM!!!

„Komm her zu mir!", ertönt da Pennys Stimme in meinem Kopf. „Letzte Box links! **SOFORT** !!!"

6 endlos lange Sekunden stehe ich da wie erstarrt ... dann wirbele ich herum *SAUS* und renne weiter bis zum Ende des Ganges. *FLITZ*

Ich lege den Riegel um, stoße die Boxentür auf und bleibe wie angewurzelt neben Penny stehen.

„Los, mach die Tür zu! Schnell!", befiehlt sie.

„A-aber ich muss Moppie helfen", stammele ich. *STOTTER* „Ich kann sie doch nicht einfach in der Schubkarre liegen la..."

„Pia! BITTE!“

Pennys Flehen knallt mit voller Wucht in meinen Kopf. *OOOOÖÖÖWWWG!* Ich kann gar nicht anders, ich **MUSS** die Boxentür schließen.

Draußen auf dem Gang höre ich Moppie stöhnen. Kurz darauf vernehme ich energisch heraneilende Schritte.

-Tapp-Tapp-Tapp-

„Das ist bestimmt Maria, die neue Pferdewirtin“, raunt Penny. Sie legt ihr Maul auf meine Schulter und pustet mir sanft in den Nacken. „Die wird sich schon um unsere Freundin kümmern.“

„Unsere Freundin?“, murmele ich. „Hast du gerade wirklich UNSERE FREUNDIN gesagt?“

„Aber das ist sie doch“, erwidert Penny. „Ohne Moppie läuft gar nichts. Oder sehe ich das falsch? Außerdem mag ich sie auch“, setzt sie mit ihrem breiten **Ponygrinsen** hinzu.

„Was ist denn hier los?“, donnert eine Frauenstimme.

„Es **ist** Maria", bestätigt Penny und rollt mit den Augen. R O L L (*Was bei einem Pony echt zum Schießen aussieht!* *PENG!*) „Zu der musst du unbedingt freundlich sein. Die hat nämlich ganz schön Haare auf den Zähnen."

IGITT Obwooohl ... Moppie würde das vielleicht sogar gefallen, ZÄHNE hat sie bestimmt noch nie frisiert.

„Das blöde Pferd hätte mich fast **totgetreten**", jammert Omid wieder.

„Und was ist mit deiner **Freundin** passiert?", will die Pferdewirtin wissen. „Ist die etwa auch getreten worden?"

„Sie ist nicht **MEINE FREUNDIN**", erwidert Omid. „Sie geht bloß in meine Klasse."

„Aber ihr seid doch zusammen hergekommen, oder nicht?", gibt Maria harsch zurück.

(Mit dieser Pferdewirtin haben die beiden also GAR NICHTS *abgesprochen!)*

„Na ja ...", sagt Omid. *DRUCKS*

„Also **JA**", brummt Maria. „Und jetzt geh bitte mal zur Seite, damit ich

beruhigen kann."

HÄ?

„Wen?", wundert sich Omid.

(Das Gleiche hätte ich jetzt auch gefragt.)

„Ist da etwa noch jemand?", wispere ich.

„Quatsch", entgegnet Penny.

„PRINZ **BOBBY VON SCHWEIFERTZ** heißt der Hengst, der unseren Klassenkameraden *umbringen* wollte."

„Du meinst ...", stammele ich.

„War nur ein **SCHERZ**", sagt Penny und verzieht ihr weiches Maul erneut zu einem Grinsen. „Diese Dartmoor-Ponys sind total friedlich. Bobby hat sich einfach nur erschreckt. Er würde **niemals** jemanden treten. Jedenfalls nicht einfach so." Sie zwinkert mir zu. „Omid hat da wohl ein kleines bisschen übertrieben."

Wie auch immer.

„Ich geh da jetzt hin und sehe nach, ob mit Moppie

„ALLES IN ORDNUNG ist“, sage ich und strecke meine Hand entschlossen nach dem Riegel aus.
Ich finde es nämlich völlig daneben, dass diese Pferdewirtin Moppie überhaupt nicht beachtet!

„STOP!“, zischt Penny. „Was glaubst du denn, warum ich dich zu mir gerufen habe? Wenn du dich da jetzt einmischst und Maria **schnallt**, dass du Moppie und Omid kennst, wirst du dich garantiert nicht weiter um mich **kümmern** dürfen.“
MIST! … damit könnte sie natürlich recht haben.

GRUMMEL

„Aber …“, beginne ich noch mal, als endlich auch Moppies Stimme in meine Ohren dringt. *SCHRILL*
„Wir wollten das Pony doch bloß versorgen“, verteidigt sie sich. „Und es ist ganz bestimmt nicht unsere **SCHULD**, dass es ausgerastet ist. Ich bin nämlich Pferdeflüs…“
„Sondern?“, fährt Maria dazwischen.
„Der Stall ist **viiieeel** zu klein“, erwidert Moppie. *JAUL*

„Die Ponys sind total *unglücklich.* *SCHNIEF* Sie müssen sie freilassen! ALLE!"

„Wie soll ich denn das verstehen?", knurrt die Pferdewirtin. „Wolltet ihr **PRINZ BOBBY** etwa, ohne mich zu fragen, auf die Koppel rausbringen?"

„Nein!", quäkt Moppie. „Obwohl er sich da **100PRO 1000-MAL** wohler fühlt als hier."

„Woher willst du das denn so genau wissen?", entgegnet Maria. „Wer hat euch überhaupt erlaubt, ohne **PROFESSIONELLE** Begleitung den Stall und die Boxen zu betreten?"

(Moppie hat mich also glatt angelogen!

GRRR

Ausgerechnet sie, die sonst immer so viel Wert auf Ehrlichkeit unter Freundinnen legt!)

„Wir wollten nur *helfen*", meldet sich Omid zur Abwechslung auch mal wieder zu Wort. „Und dann ist dieses **blöde Pferd** einfach auf mich losgegangen."

„Außerdem hat der **MANN** gestern gesagt ...“, beginnt Moppie aufs Neue, sich zu rechtfertigen, doch die Pferdewirtin hat offenbar genug gehört.

„Schluss jetzt!“, poltert sie. „Ich gebe dir gleich ein 

für deine Beule, damit sie nicht noch größer wird. Und dann will ich euch hier

NIE
WIEDER
SEHEN!“

HINDERNISTRAINING *und* FREUNDINNENGESPRÄCHE

„Ich habe deine Mutter getroffen“, erzähle ich Penny ungefähr eine Stunde nach Moppies und Omids **Rauswurf.**

In der Zwischenzeit habe ich mich bei der neuen Pferdewirtin vorgestellt *(artig, artig!)*, meine Freundin gezäumt und aufgesattelt und sie auf das Trainingsgelände hinausgeführt. All das will **Nils** uns zwar erst in der nächsten Unterrichtsstunde beibringen, aber Frau Trüffel hat ja bereits mit der Besitzerin des Reiterhofs geklärt, dass ich mich um Penny kümmern darf.

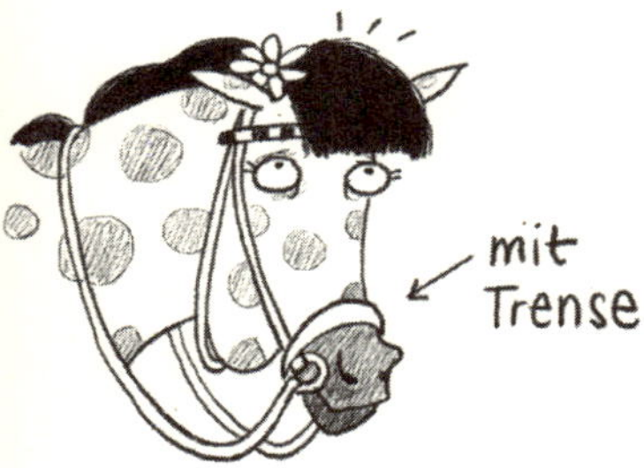

„Aha“, sagt meine **Pony-Freundin.** „Und? … wie findest du meine Mama?“

„Total **nett“,** antworte ich und vergewissere mich, dass Maria inzwischen außer Sichtweite ist. *(Denn eigentlich kann ich ja noch gar nicht richtig reiten. Zumindest nicht so, wie Nils und Maria sich das wohl vorstellen.)* Dann erst setze ich meinen Fuß in den Steigbügel und hebe mich auf PENNYS RÜCKEN.

„Sie scheint sich sehr darüber zu freuen, dass wir miteinander **befreundet** sind.“

„Ja, dass ich eine gute Freundin habe, ist ihr ziemlich wichtig.“

Penny schnaubt leise, dann trabt sie los und steuert das erste **Hindernis** an.

MOMENT MAL !!!

„Sollen wir nicht lieber gemütlich durch den Wald traben?“, stoße ich ein wenig panisch hervor.

SCHLOTTER

Ich verspüre nämlich keine große Lust, mich auf die Nase zu legen und den Rest des Tages ebenfalls mit einem Kühlkissen auf dem Dassel zu verbringen.

„Zuerst wird trainiert“, beharrt Penny.

Sie wechselt in den Galopp und einen Atemzug später befinden wir uns auch schon in der Luft.

FLATTER

Mit aller Kraft presse ich meine Oberschenkel an den Sattel und kralle mich mitsamt dem Zügel in Pennys Mähne fest.

KREEEIIISCH!

„Mensch, Pia!", ruft meine Freundin lachend. *GLUCKS* „Was ist denn los mit dir? Du tust ja gerade so, als ob du das noch nie gemacht hättest."

„Ein *einziges* Mal bisher!", erinnere ich sie.

Und das ist schon ein paar Wochen her und damit längst in den hintersten Winkeln meiner **Gehirnzellen** versunken.

„Außerdem war es damals eine **ABSOLUTE AUSNAHMESITUATION**", betone ich.

„Umso wichtiger ist es, dass du es endlich richtig lernst", bekräftigt Penny.

„Tu ich doch", brumme ich. „In meinem **Reitkurs.**"

„Ach, in diesem Anfängerkurs wird dir doch höchstens erklärt, wie man geradeaus schreitet und im Kreis trabt", hält Penny dagegen, „... und dabei **vorschriftsmäßig** im  sitzt. Darauf kommt es aber nicht an."

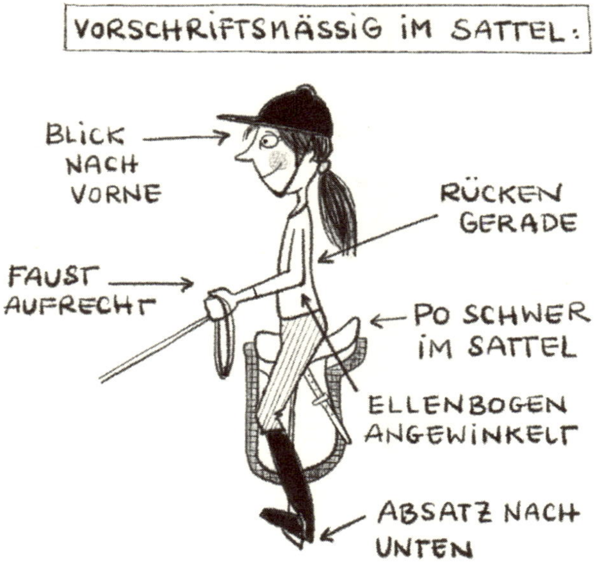

Ach so???

AM KOPF KRATZ

„Worauf denn dann?", frage ich ein wenig außer Atem.

KEUCH

„Darauf, dass du deine SCHEU VERLIERST", entgegnet Penny. „Schließlich ist nicht jedes Pony so wie ich."

„Na und?", knurre ich.

Wieder schnaubt sie leise.

„Kann doch sein, dass du mal auf einem anderen Pferd **reiten** möchtest ...“

Ich schüttele heftig den Kopf. *DREH-UND-WIRBEL*

„Ganz bestimmt nicht!“

„... oder **MUSST**“, fügt Penny hinzu. „Und jetzt versuch bitte mal, dich etwas lockerer zu halten ... sonst habe ich am Ende dieser kleinen Übungsstunde nämlich keine Mähne mehr.“ *GRUMPF*

Natürlich will ich meiner Freundin nicht wehtun, trotzdem ist das Ganze leichter gesagt als getan. Einmal zerre ich so doll an den Zügeln, dass Penny eher Grashalme zählen könnte als Wolken und fast in die Hindernishecke hineinrennt.

Ein anderes Mal hänge ich total SCHIEF im Sattel und reiße mir fast das linke Ohr an einer der rot-weißen Holzstangen ab.

Und bei unserer dritten Runde lasse ich dann tatsächlich so locker, dass ich beinahe **ohne Penny** über *(oder in)* den breiten Wassergraben segele.

FLATTER-KRALL-UND-ZAPPEL

Erst als wir jedes Hindernis zum 10ten Mal überspringen, kriege ich allmählich Spaß an der Sache, und nach dem **20**sten Mal würde ich am liebsten EWIG so weitermachen.

„Tut mir leid, aber ich kann nicht mehr", stöhnt Penny. „Noch eine Runde, und mir fallen die **Hufe** ab."

???

Sie ist so fix und fertig, dass sie nicht einmal mehr einen Spazierritt durch den Wald schafft, sondern sofort ertränkt – Quatsch!, **GE**tränkt, gefüttert und gestriegelt werden muss.

„Aaaah! Das tut **guuut“,** seufzt sie, als wir wieder in ihrer Box sind und ich ihr mit der ovalen Bürste übers Fell *streiche*. Einige Minuten arbeite ich still vor mich hin, während Penny Heuhalme aus der Raufe zupft und sie genüsslich zermalmt. *KNUSPER*

„Wieso hat deine Mutter eigentlich keinen richtigen **Pralinenladen?“,** frage ich schließlich.

Penny wirft mir einen Seitenblick zu.

Hat sie doch!

„Das stimmt nicht“, widerspreche ich. „Neben eurer Haustür ist nur ein Schild angebracht. Und geöffnet habt ihr auch total selten.“

„Wir wollen eben nicht auffallen“, erklärt mir meine **Pony-Freundin,** nachdem sie eine Weile auf einem Halm herumgeknuspert hat. *DRUCKS* „Der Laden befindet sich in einer ganz normalen Wohnung. Die meisten Schokis verkauft Mama sowieso übers Internet.

Aber selbst da findet man sie nicht unter *Penelope Trüffel*."

„Und das alles bloß deinetwegen?"

(Wobei **bloß** *natürlich ein bisschen UNTERTRIEBEN ist.)*

Penny bewegt ihren Kopf auf und ab.

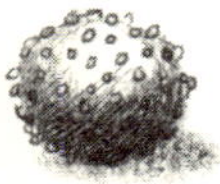

„Jap!"

„Und wieso ist es ihr dann so wichtig, dass du eine Freundin hast?", bohre ich weiter. „Ich meine, das ist doch eigentlich ziemlich riskant."

„Mama *vertraut* dir eben", gibt Penny zurück. „Sie denkt ...", fährt sie fort, bricht aber gleich wieder ab – und mit einem Mal ist eine ganz komische, angespannte Stimmung zwischen uns.

* ... KNISTER ... *

„Was?", krächze ich und lasse die Bürste sinken.

„Na jaaa", sagt Penny gedehnt. „Mama glaubt, dass ich mich irgendwann nicht mehr **verwandeln** muss ...

wenn ich nur lange genug mit jemandem befreundet bin."

Oh!

„Und?", hauche ich. „Glaubst du das auch?"
„Ich weiß nicht", murmelt Penny. „Außerdem ... Es ist zwar manchmal etwas nervig, aber eigentlich bin ich gerne ab und zu ein ."
„Hmmm", mache ich, und plötzlich fällt mir die **PONY-KLAU-GESCHICHTE** wieder ein, von der Papa mir erzählt hat.
Wenn ich mit Penny zusammen bin *(egal, ob sie ein Mädchen oder ein Pony ist)*, wird mir immer total wuschelig ums , sodass ich alles andere manchmal völlig vergesse.
„Hast du etwa **ANGST** um mich?" *SCHLOTTER*, fragt Penny, nachdem ich ihr erklärt habe, in welcher Gefahr sie sich möglicherweise befindet.
„Und wie!", sage ich entschieden, damit sie mich *(und diese Sache)* auch wirklich **ernst** nimmt.
„Das brauchst du nicht", erwidert Penny sanft. „Mama hat diesen Hof sehr sorgfältig ausgesucht. Er ist viel zu *klein* dafür, dass sich PFERDEDIEBE für ihn

interessieren könnten. Außerdem sind die Ponys hier wirklich alle gut **behütet.** 

Du hast vorhin doch selber mitbekommen, wie schnell Maria zur Stelle war, als Moppie und Omid sich in Bobbys Box zu schaffen gemacht haben."

Ja, das schon ... Allerdings hat die Pferdewirtin erst reagiert, als der **DARTMOOR-HENGST** richtig unruhig geworden ist. Niemand weiß, wie lange Moppie und Omid **DAVOR** schon in der Box herumgewirtschaftet haben.

Und deshalb werde ich meine Augen auf jeden Fall sperrangel**weit** offen halten.

* GLOTZ *

„Moppie hat schon 30-mal angerufen!“, brüllt Mama mir aus dem Wohnzimmer entgegen.

Ich drücke die Tür zu, streife meine Schuhe ab und trabe zum Sofa.

„Ich habe ihr die NUMMER von Frau Hufstedt gegeben, aber sie ruft immer wieder hier an.“

Meine Mutter stößt ein hysterisches Lachen aus.

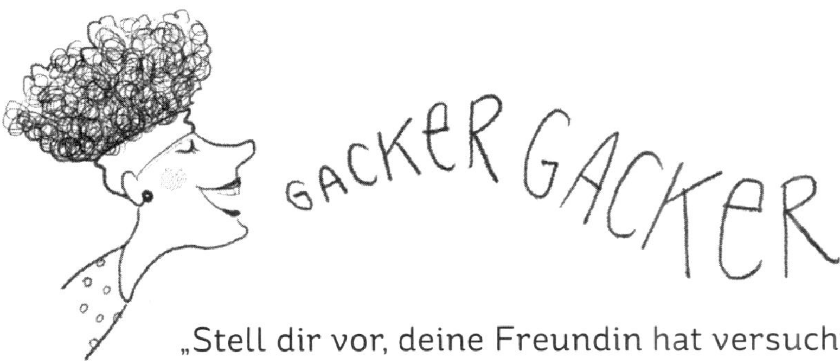

„Stell dir vor, deine Freundin hat versucht, mir weiszumachen, dass du dich auf einem PONYHOF herumtreibst.“

Diese Verräterin!

Na ja, ich hätte sie wohl besser einweihen sollen.

GRUMPF

Mama sieht mich vorwurfsvoll an.

„Ich bin sogar 2-mal runtergelaufen", erklärt sie,

DOPPEL→ SCHOCK ←

„... und habe bei Frau Hufstedt geklingelt ..."

Oh, nein! Oh, nein! **Oh, nein!!!**

„... aber ihr habt nicht aufgemacht."

PUH

„Ja, ähm ... Papa, Frau Hufstedt und ich haben MONOPOLY gespielt", stammele ich.

LÜG-UND-SCHWINDEL

„Um Gottes willen!"

Meine Mutter schlägt die Hände über dem Kopf zusammen.

„Mit diesen Banditen dort solltet ihr euch lieber nicht abgeben. Ich habe nämlich keine Lust, euch alle naselang im Gefängnis zu besuchen."
„Aber, Mama!", sage ich. „Wir sind wirklich sehr vorsichtig. Uns wird schon nichts passieren."
„NEIN! NEIN! NEIN!", erwidert sie und wedelt aufgebracht mit ihrem Zeigefinger hin und her. „Du musst mir versprechen, dass ihr ab sofort nur noch **Mau-Mau** spielt.
„Na gut", sage ich. *HALB(♥)IG SCHWÖR*
Auch wenn ich nicht vorhabe, jemals auch nur den Nagel meines kleinen Zehs in Frau Hufstedts Wohnung zu setzen, kreuze ich die Finger hinter meinem Rücken. *(Sicher ist sicher.)*
Dabei fällt mein Blick auf die **4** Bücher neben dem Sofa.
STARR
Sie heißen:

BISS ZUM MORGENGRAUEN
BISS ZUR MITTAGSSTUNDE
BISS ZUM ABENDROT
BISS ZUM ENDE DER NACHT

Mir gefriert das Blut in den Adern. *KLIRR*
„Die willst du doch nicht wirklich **lesen!“,** stoße ich alarmiert hervor.

„Ja, warum denn nicht?“, erwidert Mama kopfschüttelnd. „Als du ein Baby warst, ist *Der kleine Vampir* sogar dein *Lieblings*-buch gewesen.“

Klar, jetzt erinnere ich mich wieder! Als ich ein **BABY** war, habe ich vor dem Einschlafen immer mindestens **20** Seiten gelesen!

„In DIESEN Büchern da geht es aber nicht um einen *kleinen* Vampir“, wende ich ein.
... sondern um **viele große** ... und um **WERWÖLFE,** will ich eigentlich noch hinzufügen, als plötzlich das Telefon losdudelt.

DÖDELINGDÖDELINGDÖDELING ...

„Klingt ganz nach Moppie“, murmele ich und renne in den Flur, wo ich das Tele-Dingsbums-Teil aus der Station fische. *ANGEL*
„Sind Sie das etwa schon wieder?“, ertönt die wimmernde Stimme meiner Freundin.

„Nein, **ich“,** sage ich.

„**NA, ENDLICH!**“, ruft Moppie.
Dann fängt sie an zu heulen.

* **PLÄRR** *

„Ich darf nicht mehr auf den Ponyhof!

Die haben mich rausgeschmissen. Nur, weil eins von den Pferden Omid ein klitzekleines bisschen mit dem Huf berührt hat. Und jetzt **liebt** er mich nicht meheeer!“
„Oje“, sage ich. **scheinheilig-Au**
„Aber dir ist hoffentlich nichts passiert, oder?“
„Nee, ich hab bloß 'ne **Beule“,** schluchzt Moppie. „Die Maria hat mir zwar ein Kühlkissen geschenkt, aber die blöde Delle ist trotzdem so groß geworden wie ein Tennisball.“ 
„Du Arme“, sage ich mitfühlend.
(Obwohl Moppie ja fast IMMER *irgendwo eine Ausbuchtung hat. Und Tennisballgröße ist bei ihr ja nun echt nichts Ungewöhnliches!)*
„Du musst den Reitkurs abbrechen“, fleht sie.

„Ach, mach dir um mich mal KEINE SORGEN",
beruhige ich sie.
„Die Ponys mögen es aber nicht, wenn man auf ihnen reitet", beharrt Moppie.

„Jetzt fang doch nicht schon wieder damit an!", stöhne ich. *AUGENVERDREH* „Du hast doch selber gesagt, dass Pferde nicht mit Menschen sprechen können." *FLÖT*
Aber Moppie lässt nicht locker. „Man darf sie auch nicht in so winzig kleine Boxen sperren, hat der Mann gesagt."

„VON WELCHEM MANN REDEST DU EIGENTLICH DIE GANZE ZEIT?", frage ich ungeduldig.
„Von so einem großen mit Fernglas", entgegnet Moppie. „Der war gestern schon da und heute wieder. Er hat gesagt, dass er ein **Fachmann** ist und dass die Pferde es bei ihm viel besser hätten. Und deshalb will er alle **gesunden** Ponys von dort wegholen."

„Ach, Moppie", sage ich. „Dieser Typ ist bestimmt nur so ein **BLÖDER SPINNER**. Da würde ich gar nichts drauf geben."

Ich zumindest kann mir nicht vorstellen, dass der ein **echter** Tierschützer *BEHÜT* oder gar ein **Pferdedieb** *SCHLEICH-UNAUFFÄLLIG-IN-DER-DUNKELHEIT-HERUM* ist.

Hm ... Aber wieso ist mir dann bloß plötzlich so **KOMISCH** im Bauch?

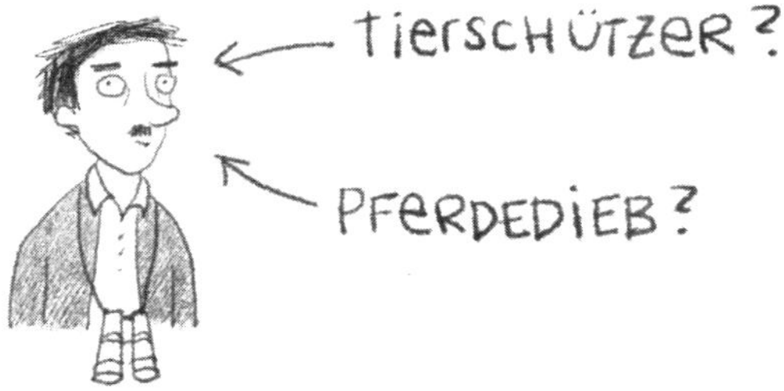

„Du hast meine Mama **angelogen!“**, blökt **SCHNOTSCHI** mich kurz vor der nächsten Reitstunde an. „Du wohnst gar nicht in der *Flohfurzgasse!*“

Halleluja! Ich wusste ja nicht mal, dass es die wirklich gibt!

„Und deine Telefonnummer ist auch nicht 1234567!“, nölt **SCHNOTSCHI** weiter.

„Ich heiße ja auch nicht *Winnitu*“, erwidere ich schulterzuckend.

„Doch! Heißt du wohl!“, behauptet **SCHNOTSCHI**.

SAGT MAMA NÄMLICH!

„Wo ist sie überhaupt?“, frage ich.

MICH-STIRNRUNZELND-UMGUCK

Ich dachte nämlich, dass sie ihre *niedliche*

MIR-AN-DEN-KOPF-TIPP kleine Tochter keine Sekunde aus den Augen lässt.

„Da vorne!“, kräht SCHNOTSCHI und zeigt zur Koppel. „Mit **Papa!**“

Ich lasse meinen Blick ihrem Zeigefinger folgen und erstarre auf der Stelle.

SCHRECK-LASS-NACH!

Dort am Zaun steht wieder der **Schrank** *(äh, Mann)* von gestern und glotzt durch sein Fernglas zu uns herüber.

SPIONIER

SCHNOTSCHIs Mama hat sich bei ihm untergehakt und feuert giftige Blicke auf mich ab.

„Ach so“, sage ich und gebe mir alle Mühe, mir von meinem SCHRECK nichts anmerken zu lassen. „Ich geh dann mal zu meinem Pony.“

Denn nun weiß ich wieder, woher ich diesen SCHRANK-MANN kenne. Es ist der Typ, der mich aus seinem silbergrauen Auto heraus angebrüllt hat, als ich vorgestern auf Penny nach Hause geritten bin.

Plötzlich ist mir -ÜBEL.

WÜRG

Hoffentlich hat er Penny nicht schon weggeholt, ist alles, was ich denken kann – und schon rase ich los in Richtung Stall.

SCHNOTSCHI flitzt mir hinterher.

GRUMMEL

Doch davon lasse ich mich nicht beirren, schlüpfe durchs Tor und renne den Gang entlang bis zu Pennys Box.

EIN GLÜCK, SIE IST NOCH DA!

„Das ist nicht **dein** Pony!“, kräht **SCHNOTSCHI** hinter mir. „Du hast ein **GRÜNES!**“

Hä?

Penny guckt mich mit 1000 ??????????????? in den Augen an.

„Das war doch bloß ein **Witz**“, erkläre ich. „Oder hast du schon mal ein *grünes Pony* gesehen?“

„Du bist eine total blöde Lügnerin“, faucht **SCHNOTSCHI**. „Das sag ich jetzt Mama.“

„Meinetwegen“, murmele ich und warte geduldig, bis sie sich verdünnisiert hat. Dann erzähle ich Penny alles, was ich über **SCHNOTSCHIs** Vater weiß.

„Ach, das ist bestimmt nur so ein blöder **Spinner**“, erwidert meine Freundin.

(Genau das habe ich gestern auch schon zu Moppie

gesagt. Trotzdem ist das komische Gefühl in meinem Bauch jetzt noch komischer *geworden.)*
„Um alle Pferde vom Ponyhof zu stehlen, müsste er schon mit einem **riesigen** Transporter hier ankommen", fährt Penny fort. „Und das würde ja wohl sofort auffallen."

OKAY... kann schon sein, dass sie recht hat. Trotzdem werde ich heute Nachmittag ganz sicher nicht eine Sekunde von Pennys Seite weichen!

„So geht das aber nicht“, begrüßt Nils mich, als ich mit Penny am Zügel in den Hof hinaustrete.

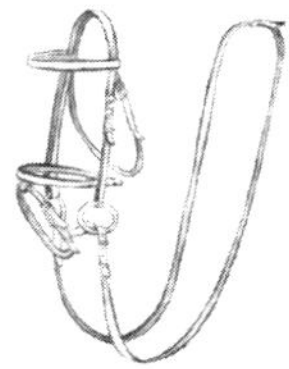

„Zuerst lernen wir, wie wir einem Pony das Zaumzeug und den **Sattel** anlegen.“
„Das kann ich doch schon“, sage ich und deute auf Pennys Ausrüstung.
„Du vielleicht“, erwidert unser Reitlehrer.

„Ich höre von dort oben aus genau zu“, verspreche ich ihm, setze den linken Fuß in den Steigbügel und schwinge mein rechtes Bein über Pennys Rücken.
STOPP!, ruft **SCHNOTSCHIS** Mama. Sie springt auf uns zu, krallt ihre LACKFINGER in mein T-Shirt und zerrt mich wieder auf den Boden hinunter.

„Dieses Pony probiere ich jetzt erst mal für meine Tochter aus."

„Na, hören Sie mal!", wettert Nils.

Er guckt mich fragend an, aber noch ehe ich etwas sagen kann *PROTESTIER* (oder auch **Protest**-Tier), hockt SCHNOTSCHIs Mama bereits im Sattel.

„Hüaaa!", brüllt sie und schlägt den Zügel auf und ab.

Penny macht einen Satz. *HOPS*

Und noch einen. *HOPS*

Und einen dritten. *BOCK*

SCHNOTSCHIs Mama rutscht aus dem Sattel und baumelt nun wie ein reifer APFEL an Pennys Seite.

Gleich fällt sie ab und plumpst in den Staub, denke ich.

FREU

Doch PUSTEKUCHEN!

Angespornt von SCHNOTSCHIs „Mama, Mama!" –

Geschrei *BLÖK*, umklammert sie mit aller Kraft den Sattelknauf und zieht sich unter lautem Ächzen, Stöhnen und **Fluchen** wieder hoch.

Alle Mädchen und ihre Mütter klatschen Beifall.

Nur ich nicht.

„Das ist ein lustiges Pony!“, ertönt eine tiefe MÄNNERSTIMME hinter mir und im nächsten Moment löst sich der riesige [Schrank]-**MANN** aus der Gruppe und wedelt **wie wild** mit seinen Armen in der Luft herum.

ICH KAUFE ES!

WAAAS?!

Vor Schreck erleide ich einen [Herz]-Stillstand.

„Das geht nicht!“, stoße ich aus.

„PAPPERLAPAPP!“, donnert SCHNOTSCHIS Papa. „Und wie das geht!“ Er verpasst Penny einen **Klaps** auf den Hintern. „Nicht wahr, mein **Pferdchen?!**“

Penny kräuselt die Lippen und dreht hektisch ihre Ohren hin und her. Dass sie stinksauer ist

WUT-UND-QUALM, sieht ein Blinder mit Krückstock.

„HUMPEL“

Wirf die Sockenschuss-Tussi ab und tritt diesem unverschämten Kerl in den A..., denke ich mindestens genauso zornig.

WUT-UND-QUALM-HOCH 10

Natürlich ist mir klar, dass sie das nicht tun kann, weil sie dann garantiert ihren BOXENPLATZ auf dem Hof verlieren würde.

„Dieses Pony gehört *Penelope Trüffel*", mischt Nils sich nun zum Glück ein. „Wenn Sie es erwerben wollen, wenden Sie sich bitte an sie."

„DAS MACHE ICH!", erwidert **SCHNOTSCHIs** Papa. „Worauf Sie sich verlassen können! Ich werde **alle Tiere** kaufen. Denn bei mir haben sie es 1000-mal besser als bei Ihnen!"
Er bedenkt unseren Reitlehrer mit einem gut gewürzten PFEFFERBLICK und eilt dann mit energischen Schritten davon.

„**JUHU! ICH KRIEG EIN PONY!**", kreischt **SCHNOTSCHI** *QUIEK* und hüpft jubelnd um die eigene Achse. Und zwar so lange, bis ihr so schwindelig ist, dass sie umfällt.
KNALL-UND-PLUMPS-UND-JAUL

„Fahren Sie ruhig mit Ihrem Unterricht fort“, tönt SCHNOTSCHIS Mama, die sich nicht die **Bohne** um ihre Tochter kümmert, von Pennys Rücken herunter. „Ich reite dieses EDLE ROSS inzwischen weiter ein.“

Nein! ... will ich gerade brüllen, doch Penny hält mich zurück.

„Lass sie!“, zischt sie. „Die gute **DAME** ← Hahaha! ist zwar schwer wie ein Kartoffelsack, aber irgendwie halte ich das schon aus. Also mach dir bitte keine Sorgen. Mama verkauft mich nicht. Das wird auch DIESER SPINNER ziemlich schnell kapieren. Und dann ist endlich wieder **Ruhe im Stall.**“

EIN FIESER TRICK

Während SCHNOTSCHIs Mama Penny *einreitet*, holt Nils das bunt gescheckte Pony von der Koppel und zeigt uns, wie man das Zaumzeug anlegt.
Die Mädchen aus dem Reitkurs stehen im Kreis drum herum und hören aufmerksam zu.

Nur ich konzentriere mich voll und ganz auf Penny und SCHNOTSCHIs Mama, die auf ihrem Rücken thront wie die KÖNIGIN von *Spanien* und sie zwischen Koppel und Stall hin und her traben lässt.

Und dann – nach nicht einmal **10 Minuten** - passiert es!
Ein silbergrauer Wagen mit einem Anhänger hintendran kommt in den Hof gebrettert. Er macht eine Vollbremsung * QUIETSCH * und wirbelt dabei jede Menge Staub auf. ((HUST-UND-RÖCHEL))
Die Fahrertür öffnet sich und SCHNOTSCHIs **Schrank-**Papa springt heraus. Er läuft auf Nils zu und wedelt dabei TOTAL WICHTIGTUERISCH mit einem Blatt Papier in der Luft herum.
„Hier, bitte sehr, haben Sie es schwarz auf weiß: Dies ist der Kaufvertrag mit Penelope Trüffel." Er drückt unserem Reitlehrer das Papier in die Hand und deutet auf Penny. „Ab sofort gehört dieses Pony mir."

„Juhuuu, Papi ist der Beste", kreischt SCHNOTSCHI.
„**NEIN!**", rufe ich empört. „Das ist nicht wahr!"
„Doch", sagt Nils, nachdem er – viel zu lange *JAUL* – auf das

Schriftstück gestarrt hat. „Hier steht es. Frau Trüffel hat ihr Pony soeben an HERRN SCHÄTTERHÄND verkauft."

So ein Quatsch!, brülle ich und sehe hilflos dabei zu, wie **SCHNOTSCHIS** Papa den Anhänger öffnet, Pennys Zügel ergreift und sie *(mit seiner Frau obendrauf!)* die Rampe hinaufzerrt.

Verdammt noch mal, Penny, warum wehrst du dich nicht?, denke ich verzweifelt.
„Ich will niemandem wehtun", antwortet sie. *(Kann sie etwa meine Gedanken lesen???)* „Und auch nicht auffallen. Bitte, Pia, du musst mir **helfen!",** fleht

sie und ihre Stimme klingt jetzt richtig *panisch*. „Ich weiß doch nicht, wohin sie mich bringen. Und bis ich mich wieder in ein MÄDCHEN verwandele und fliehen kann, dauert es **viiieeel zu lange!**“

So ein Mist! FLUCH!

Während SCHNOTSCHIS PAPA den Anhänger schließt, renne ich wie Rumpelstilzchen hin und her und raufe mir die Afro-Perücke.
Doch plötzlich weiß ich, was ich tun muss – und zische los.

WUSCH

In weniger als 20 BLITZSEKUNDEN bin ich im Stall und bei **Prinz Bobbys** BOX. Mit fiebrigen Fingern öffne ich die Tür und schwinge mich auf den Rücken des dunkelbraunen Ponyhengstes. Ich klammere meine Hände um zwei Mähnenbüschel und drücke Bobby meine Knie in die Flanken. **„Hüa!“**

Im rasenden Galopp geht es den Gang entlang und auf den Hof hinaus. Dartmoor-Ponys sind total friedlich. Das zumindest hat Penny gesagt. Jetzt hoffe ich mal, DASS ES AUCH STIMMT.
Der silbergraue Wagen mit Pennys Anhänger hat sich bereits in Bewegung gesetzt und rollt in Richtung Tor.
„Bist du VERRÜCKT geworden!", brüllt Nils, als ich auf **Prinz Bobby** an ihm vorbeipresche. „Bleib sofort stehen!"
Die Mädchen aus dem Reitkurs springen erschrocken auseinander.

„Rufen Sie Frau Trüffel an! BITTE!", brülle ich zurück. „Der Mann ist ein BETRÜGER! Sie würde Penny niemals verkaufen!"
„Und jetzt dem Auto hinterher!", raune ich Bobby zu. „Wir müssen es überholen."
Zum Glück scheint der PONYHENGST sehr genau zu verstehen, was er tun soll. Mit geblähten Nüstern *SCHNAUF* und wehender Mähne rast er an dem Anhänger und dem Auto vorbei.
Im Inneren sehe ich SCHNOTSCHI und ihre Eltern. Ihr Vater ist knallrot im Gesicht *WÜT*, und seine Frau lässt das Seitenfenster runter und keift, dass ich gefälligst verschwinden soll.

Aber das mache ich natürlich nicht, sondern drücke meine Knie noch einmal etwas fester in Bobbys Flanken. Er galoppiert mit Vollstoff weiter, setzt sich PFEILSCHNELL *ZISCH* vor den Wagen und prescht schließlich zum Tor des Ponyhofs hinaus.

„BRRR!", rufe ich und ziehe vorsichtig an seiner Mähne.

Bobby schnaubt, verfällt in den Trab und bleibt schließlich stehen – und zwar quer auf dem Weg, sodass SCHNOTSCHIs Vater weder rechts noch links an uns vorbeifahren kann. PERFEKT!

Augenblicklich fängt der Blödmann wie ein Verrückter an zu hupen.

TRÖÖÖT!!!

Gleichzeitig brüllen SCHNOTSCHI und ihre **SOCKENSCHUSS-MAMA** unflätige Wörter zum Wagenfenster raus.

„MISTQUALLE!“ – „BLÖDE STINKKUH“
„DÄMLICHER GULLI-GAUL!“

(Hä???)

Prinz Bobby stört das alles nicht. Er kratzt sich mit dem Hinterhuf am Vorderbein und zupft dann gelangweilt ein paar Butterblumen vom Wegesrand. Mit zitternden Knien *KLAPPER* und klopfendem ♥en *POCH POCH POCH* spähe ich über den Anhänger hinweg zum Haupthaus.

BITTE! BITTE! BITTE!

Es kommt mir vor wie eine Ewigkeit, bis – ENDLICH, ENDLICH! – Nils zusammen mit einer sportlich gekleideten Frau herbeigelaufen kommt.

„Mein Name ist Claudetta Zosshopp“, wendet die sich an SCHNOTSCHIS Vater. „Ich bin die Besitzerin dieses **Ponyhofs** und habe gerade mit Frau *Penelope Trüffel* telefoniert. Der Kaufvertrag, den Sie meinem Mitarbeiter gezeigt haben, ist eine **FÄLSCHUNG. Wir werden das Pony jetzt abladen** und in den Stall zurückbringen. Frau Trüffel ist bereits auf dem Weg zur **POLIZEI**.

Vermutlich erwartet Sie eine **saftige Anzeige,** mein Herr.“

„Das wird Mama nicht tun“, sagt Penny, als wir eine halbe Stunde später wieder in ihrer Box stehen.

„Was?“, frage ich, während ich *(überglücklich, aber noch immer total von der Rolle *ZITTER*)* an ihrem Hals baumele und mein Gesicht in ihr weiches Fell drücke.

„Zur **Polizei** gehen und ihn anzeigen“, erwidert Penny. „In ein paar Tagen werde ich wieder ein *Mädchen* sein, und dann könnte meine Mutter nicht mal beweisen, dass sie überhaupt ein **PONY** besitzt.“

Das ist tatsächlich ganz schön BLÖD!

„Meinst du nicht, dass Frau Zosshopp die Sache auch an andere PONYHÖFE meldet?“, überlege ich.

„Darauf würde ich meinen *Pferdeschweif* verwetten“, erwidert Penny. „Wenn es stimmt, was dein Vater in der Zeitung gelesen hat, weiß **Frau Zosshopp** darüber ganz sicher auch Bescheid. Und dann hat sie garantiert die Polizei eingeschaltet. Womöglich ist dieser feine HERR SCHÄTTERHÄND sogar einer der gesuchten **PFERDEDIEBE**.“

„Das kann ich mir nicht vorstellen“, sage ich kopfschüttelnd. „Ich glaube, der wollte einfach bloß ein Pony für seine Tochter **ORGANISIEREN.** Und zwar ohne dafür zu bezahlen. *(Ganz schön fies!)* Wahrscheinlich heißt er nicht einmal SCHÄTTERHÄND.“

„Hmmm …“ Penny zieht eine Schnute und flattert mit ihren samtigen Lippen. *FLAPP-FLAPP-FLAPP* „Dann ist er vielleicht ein TRITTBRETTFAHRER!“

Hä?

„Keine Ahnung, was du damit meinst“, gebe ich verwundert zurück. *(Ponys haben doch keine Trittbretter und fahren kann man auf ihnen auch nicht.* *GRÜBEL*)

„So nennt man Leute, die eine bestimmte **MASCHE** von anderen nachahmen“, erklärt Penny leise lachend. *KICHER*

Ach so!

„Dann hat Herr Schätterhänd garantiert auch von dem Trick mit den gefälschten Kaufverträgen und den TIERSCHÜTZERN gehört!“, rufe ich und tippe mir an die Schläfe. *TOCK-TOCK-TOCK*

„Und hat sich gedacht: Was diese Betrüger können, kann ich schon lange. Dass ihm das Wohl der Pferde wirklich am en liegt, glaube ich jedenfalls noch immer nicht.“

GRÜBEL

„Fühlst du dich auf diesem **Ponyhof** eigentlich schlecht aufgehoben?“, frage ich vorsichtig.

„Ach, überhaupt nicht!“, erwidert Penny schnaubend. „Es ist richtig toll auf HOPPERWEIDE! Leider wird die arme **SCHNOTSCHI** hier in Zukunft wohl auf ihren Reitkurs verzichten müssen.“

„Genau wie ich.“, sage ich. *GRINS-UND-ZWINKER* „Nils meinte nämlich, dass ich für den Anfängerkurs schon **viel zu gut** reiten kann.“

„Kannst du ja auch“, wispert Penny und pustet mir zärtlich ins Gesicht. „Wie du auf **Bobby** hinter dem Anhänger hergeprescht bist, war absolut filmreif. Du bist die obergenial **mutigste** *Superreiterfreundin*, die man sich nur wünschen kann.“

„Danke“, krächze ich glücklich.

Ich schmiege mich an Pennys weichen Hals *KUSCHEL*, schließe die Augen – und sehe Moppie „**PFERDEFLÜSTERIN**“ vor mir. Wie schade, dass sie dieses aufregende Abenteuer nicht miterleben konnte!

Die Autorin

Patricia Schröder, geboren 1960, lebt mit ihrem Mann und einer Handvoll Tiere auf Eiderstedt. Ihr „richtiger" Beruf ist Textildesignerin. Noch lieber aber als Blumen- oder Ponyfellmuster denkt sie sich verrückte Geschichten aus, und so hängte sie ihren alten Beruf vor einigen Jahren kurzerhand an den Nagel. Inzwischen gehört sie zu den beliebtesten deutschen Kinder- und Jugendbuchautorinnen – und verwandelt sich zuweilen sogar selbst schon mal in ein Ponymädchen.

Die Illustratorin

Sabine Rothmund hat schon als Kind gerne gezeichnet. Am liebsten kleine dicke Pferde und ihre Klassenkameraden ...
Später hat sie Kommunikationsdesign an der FH in Mainz studiert. Sie arbeitet als Illustratorin und lebt mit ihrem Mann und ihren drei Söhnen in Tübingen.